SV

Raduan Nassar

Das Brot des Patriarchen

Roman

Aus dem brasilianischen Portugiesisch
übersetzt und mit einem Nachwort
versehen von Berthold Zilly

Suhrkamp Verlag

Die Originalausgabe erschien 1975 unter dem Titel
Lavoura Arcaica bei Companhia das Letras, São Paulo.

Die Übersetzung wurde gefördert vom
Brasilianischen Kulturministerium.

Obra publicada com o apoio do Ministério da Cultura do Brasil/
Fundação Biblioteca Nacional/Departamento Nacional do Livro.

Satz: Hümmer GmbH, Waldbüttelbrunn
Druck: Freiburger Graphische Betriebe, Freiburg
Printed in Germany
Erste Auflage 2004
ISBN 3-518-41615-4

1 2 3 4 – 08 07 06 05 04

Auszug

Sind wir etwa schuld an dieser Pflanze der Kinderzeit
An ihrer Lockung, Üppigkeit und Beharrlichkeit?

Jorge de Lima *Invençao de Orfeu*

1

Die Augen zur Decke gerichtet, die Nacktheit im Zimmer; rosa, blau oder lila, das Zimmer ist unantastbar; das Zimmer ist eigen, ist eine Welt, Kathedralenzimmer, dort pflückt man in den Intervallen der Seelenangst von einem rauhen Stengel, auf der offenen Hand, die weiße Rose der Verzweiflung, denn unter den Gegenständen, die das Zimmer heiligt, sind zunächst die des Leibes; ich lag auf dem Boden meines Zimmers in einer alten Provinzpension, als mein Bruder mich heimholen kam; meine Hand, soeben noch kraftvoll, hart und diszipliniert, glitt nunmehr sachte über die nasse Haut meines Leibes, meine Fingerspitzen berührten gifterfüllt den jungen Flaum meiner noch heißen Brust; mein Kopf rollte dumpf, während mein Haar in mächtigen Wellen über die feuchte Wölbung meiner Stirne flutete; ich drückte eine der Wangen gegen den Boden, doch wenig erfaßten meine Augen, verharrten reglos den rasch fliegenden Wimpern zum Trotz; das Klopfgeräusch von der Tür kam unterdessen leise daher, nistete sich sinnentleert ein, die Baumwollflocke schmeichelte sich durch die schleifenreichen Windungen der Ohrmuschel, wo sie für Augenblicke einschlief; und das wiederkehrende Geräusch, immerzu leicht und leise, störte nicht meine süße Trunkenheit noch meine Schläfrigkeit, noch den schweifenden, streifenden Wirbel ohne Obdach; da sahen meine Augen, wie die Klinke sich drehte, noch in der Bewegung aber verblich sie auf der Netzhaut wie ein lebloses Ding, ein schwingungsloser Klang oder ein dunkler Hauch im Keller der Erinnerung; ein abruptes Pochen versetzte die lethargischen Dinge meines Zimmers in Aufruhr und Verzweiflung; mit einem leichten, lautlosen Sprung kam ich auf die Füße, bückte mich, um das auf dem Boden ausgebreitete Handtuch aufzuheben; ich kniff die Augen beim Abwischen der Hand, dann schüttelte ich den Kopf, um meine Augen zu schütteln, nahm das über den Stuhl geworfene Hemd, barg in der Hose mein violettes, dunkles Geschlecht, tat sodann ein paar rasche Schritte, öffnete einen der Türflügel und wich dahinter zurück: mein älterer Bruder war's, der in der Öffnung stand; kaum war er eingetreten, verharrten wir von Angesicht zu Angesicht, starrten uns an, ein trockenes Stück Erde trennte uns, Schreck und Bestürzung lagen in diesem Staub, doch keine Entdeckung war's, überhaupt weiß ich nicht, was es war; dabei sagten wir uns nichts, bis er die Arme ausstreckte und schweigend mir seine kräftigen Hände um die Schultern legte, und wir blickten uns an, und in einem bestimmten Augenblick stürmten unsere Erinnerungen uns tumultartig die Augen, und im Nu sah ich seine Augen sich feuchten, und da umarmte er mich, und ich spürte unter der Last seiner Arme die naßschweren Arme der ganzen Familie; wieder blickten wir uns an, und ich sagte, »mit dir hatte ich nicht gerechnet«, das sagte ich verwirrt, so unbeholfen, wie das Gesagte selbst es war, und voller Furcht, mir könnte wer weiß was Unbedachtes entschlüpfen, gleichwohl wiederholte ich, »mit dir hatte ich nicht gerechnet«, das sagte ich noch einmal, und dann fühlte ich die machtvolle Kraft der Familie wie einen schweren Wolkenbruch auf mich niederprasseln, während er sagte, »wir lieben dich sehr, wir lieben dich sehr«, und das war alles, was er sagte, indem er mich wieder umarmte; noch immer verwirrt, benommen, deutete ich auf den Stuhl in der Ecke, er aber rührte sich nicht einmal, und sein Taschentuch hervorziehend, sagte er, »knöpf dir das Hemd zu, André«.

2 Wenn die Schlaffheit müßiger Nachmittage auf der Fazenda lag, dort in einem Waldwinkel entging ich den besorgten Augen der Familie, linderte das Fieber meiner Füße in der feuchten Erde, bedeckte meinen Leib mit Laub und schlief beschattet in der stillen Haltung einer leidenden, vom Gewicht einer roten Knospe niedergebeugten Pflanze; waren nicht Kobolde all jene Stämme rings um mich her, die schweigend und geduldig meinen jugendlichen Schlaf behüteten? was für uralte Urnen waren es, aus denen die schützenden Stimmen von der Veranda nach mir riefen? was nutzten jene Schreie, wenn geschwindere, regsamere Boten besser den Wind zu reiten wußten und die Fäden der Atmosphäre verdarben? (mein Schlaf, sobald er ausgereift, würde mit der frommen Wollust gepflückt, mit der man einen Apfel pflückt).

3 Da entsann ich mich, wie wir beständig in des Vaters Predigten hörten, die Augen seien die Leuchte des Leibes, und wenn sie gut seien, dann weil Licht im Leibe wohne, seien die Augen aber nicht rein, dann weil sie einen finsteren Leib offenbarten, und ich dort im Angesicht meines Bruders, erregten Weinduft verströmend, wußte, daß meine Augen zwei abstoßende Obstkerne waren, doch das kümmerte mich nicht im geringsten, verwirrt war ich, ja verloren, und sah mich plötzlich Dinge verrichten, die Hände bewegen, durchs Zimmer laufen, als käme meine Verlegenheit von dem mich umringenden Durcheinander: ich ordnete die

Dinge auf dem Tisch, wischte ihn mit einem Lappen, leerte den Aschenbecher in den Papierkorb, strich das Bettlaken ein wenig glatt, faltete das Handtuch am Kopfende und war schon zum Tisch zurückgekehrt, um zwei Gläser einzuschenken, als ich ins Gleiten kam und fast mich nach Ana erkundigt hätte, doch war dies nur eine ungestüme, stürmische Aufwallung, sehr wohl hätte ich fragen können, wie er zu meiner Pension gefunden und mich im alten Häusergewirr aufgespürt hatte, oder ganz naiv hätte ich nach dem Grund seines Kommens fragen können, doch fern lag mir, derlei auch nur zu denken, ganz dunkel war ich inwendig, außerstande, aus dem Fleisch meiner Gefühle herauszutreten, und dort beim Tisch hatte ich nur diese eine Gewißheit, mit erbitterten Augen auf den Rosé zu blicken, den ich soeben in die Gläser schenkte; »die Läden«, sagte er, »warum sind die Fensterläden geschlossen?« sagte er vom Stuhl in der Ecke, wo er saß, ich überlegte nicht zweimal und lief das Fenster öffnen, und draußen war ein zarter, fast kühler Spätnachmittag aus einer fasrigen, orangefarbenen Sonne, die plötzlich den halb verschatteten Brunnen meines Zimmers über und über färbte, und ich stellte die Läden in der Verriegelung fest, als mich leise eine erste Krise überlief, doch ich schenkte ihr keinerlei Beachtung, sie war flüchtig, und so dachte ich nur, wie ich meine Aufgabe vollenden würde, und schob gleich darauf, großmütig und halb spöttisch, auch zwischen seine Hände ein stolzes Glas Wein; und während ein dreister Windstoß die Vorhänge blähte, deren grob geklöppelte Spitzen auf halber Höhe zwei über Wolken kletternde Engel pausbäckig beim lautlosen Hörnerblasen zeigten, ließ ich mich auf den Bettrand fallen, die Augen gesenkt, zwei ausgepreßte Früchte, und seine leuchtend auf mich gerichteten Augen waren es zweifellos, die mich vergifteten, und es war eine dumpfe, stumme Welle, die mich von nahem bedrohte und mich unwillkürlich fast ihn anschreien ließ, »tu dir bloß keinen Zwang an, Bruderherz, hoffentlich findest du bald den feierlichen Ton in der Stimme, nach dem du suchst, einen mächtigen Tadelton, frag doch gleich, was immer schon los war mit mir, vollführe die passenden Gesten, nimm mir rasch das Gesicht auseinander, zerschlag mir an den Augen das alte Geschirr da von zu Hause«, doch ich hielt an mich, ihn zu mahnen, so fand ich, wäre nicht allein nutzlos, sondern töricht, und unwillkürlich versank ich in den Gedanken an ihre Augen, an die Augen meiner Mutter in den lautlosesten Nachmittagsstunden, wohinter sich Liebe und Sorgen einer ganzen Familie verbargen, und mir fiel ein, wie in ungefähren Augenblicken die Tür meines Zimmers aufging und eine mütterliche, fast bekümmerte Gestalt aufs neue erschien, »bleib doch nicht so im Bett liegen, mein Herz, laß deine Mutter nicht leiden, sprich mit mir«, und überrascht und erschrocken spürte ich, jeden Augenblick könnte ich auch in Tränen ausbrechen, und mir ging durch den Kopf, ich sollte eine Resttrunkenheit nutzen, die sich bei seiner Ankunft nicht hatte verscheuchen lassen, um zu bekennen, womöglich in zerknirschtem Ton, »es ist mein Delirium, Pedro, es ist mein Delirium, wenn du es wissen willst«, doch das fuhr mir nur so durch den Kopf, ein wenig überstürzt, und ließ mich das Glas in zwei hastigen Schlükken leeren, und ich, dem es sinnlos vorkam, was immer es sei zu sagen, vernahm mit einemmal (er erfüllte die erhabene Sendung, den verirrten Sohn in den Schoß der Familie zurückzuführen) die Stimme meines Bruders, ruhig und gelassen, wie es sich ziemte, eine Andacht war sein Reden, als er (es war mein Vater) von den Grundfesten zu sprechen begann, vom Kalk und von den Steinen unserer Kathedrale.

4 Sudanesa (oder Schuda) war von solcher Gestalt: wohlgenährt; unter einem Satteldach aus grobem, goldfarbenem Sapé-Gras lebte sie in einem Geviert aus festgerammten, dicht an dicht stehenden Pfählen, durch deren Ritzen ich anfänglich kaum zu spähen wagte; in einer kühlen, allmorgendlich frisch gefüllten Tonschale labte sie ihre Zunge und schlürfte ihr Wasser, auf einem wohlgepolsterten, duftigen und weichen Heubett lag ihr Leib und ruhte ihr Kopf, wenn die Sonne dort draußen schon lotrecht stand; sie hatte einen stets sauberen Trog voll entkörntem Mais und ausgesuchtem grünen Gras, unter das ich Petersilie rieb, um ihren Appetit anzuregen; zum erstenmal erblickte ich Sudanesa mit meinen angekränkelten Augen an einem Spätnachmittag, da führte ich sie aus, dort zwischen den blühenden Büschen, die ihr bäuerliches Kurtisanengemach umstanden: ich geleitete sie mit der Fürsorglichkeit eines überzärtlichen Liebhabers, sie aber folgte mir fügsam auf ihren hochhackigen Hufen, ihren breiten, an wohlgestalteten Säulenbeinen hängenden Leib wiegend und werfend; und ihren Leib begann ich in der Abenddämmerung zu umsorgen mit meinen Humushänden, die in Schalen voll mannigfach duftender Salböle eintauchten und sogleich in ihrem fransigen, weichen Fell verschwanden; doch sie war keine lüsterne Ziege, sie war eine Knabenziege, Silhouette dicker, praller Zitzen, die bei ihren Possensprüngen die verschämtesten dunklen Teile offenbarte, überaus empfindsam, wenn der Kamm ihr durchs köstliche, gebauchte Fell fuhr; eine kokette Ziege war sie, eine verspielte Ziege, ihr Schwänzchen, eine mit guten Borsten umwickelte Spiralfeder, reagierte so rasch auf leichte Berührung, so fühlsam auf die zarte, leiseste Liebkosung eines Fingers; wie ein Standbild erhob sich in voller Größe ihr Leib, wenn ein grüner Stengel – quer in ihrem geduldigen

Maul – nicht mit den Zähnen, sondern mit der Zeit zerkaut wurde; dann war sie eine steinerne Ziege, ihren Augen wohlaufgeprägt zwei Zeichen von Traurigkeit, lange, schwarze Wimpern, und in dieser mystischen Haltung war sie eine Ziege mit einer Bestimmung; Sudanesa hatte man auf die Fazenda geholt, um ihr Blut zu kreuzen, doch sie kam schon gedeckt, kam mit dem Bedürfnis nach besonderer Fürsorge, und damals tat ich, schüchterner Jüngling, die ersten Schritte aus meiner Eingezogenheit: meinen Müßiggang gab ich auf, und ich, ein Frevler, ernannte mich zu ihrem Dichterhirten: ich vollendete ihre Formen, brachte ihr Fell zum Glänzen, umkränzte sie mit Blumenbändern, umwand ihren Hals mit meterlangen São-Caetano-Lianen voll greller, glöckchengleich hängender Früchte; Schuda war geduldig, sehr großmütig, wenn ein schwellender, geheimnisvoller und schlüpfriger Schaft ihres Leibes Eingang und Umgang suchte.

5

Unser aller Liebe, Einigkeit und Arbeit an des Vaters Seite war eine Botschaft von strenger, an unsern heiligen Stätten gehüteter Reinheit, in feierlicher Kommunion jeden Tag begangen, bildete sie unser Morgenmahl und unser Abendbuch; ohne die fromme Helle dieser Lebensregel aus den Augen zu lassen, fuhr mein Bruder in seiner Beschwörung fort, mir schrittweise diskret meine Lebensunreife vorhaltend, ein jeder von uns sei der Gefahr des Strauchelns ausgesetzt, und daß dies habe geschehen können, sei etwas Normales, wichtig aber sei, darüber nicht die eigentlichen Gefühls- und Geisteskräfte zu vergessen, die uns einten, nicht den Versuchungen zu erliegen, vielmehr vor dem Fall (gleich welcher Art) auf der Hut zu sein, ebendies sei Fürsorge, sei das mindeste, was jedem Familienmitglied zukomme, der Beitrag, den ein jeder schuldig sei, denn träte auch nur einer von uns fehl, stürzte die ganze Familie ihm nach; solange das Haus aber stehe, stehe auch ein jeder von uns, und um dem Haus seinen Stand zu bewahren, müßten wir unser Pflichtgefühl stärken, unsere Blutbande in Ehren halten, uns nicht von unserm Tor entfernen, dem Vater Rede und Antwort stehen, vom Bruder nicht unsere Augen wenden, wenn er ihrer bedürfe, bei der Familienarbeit mittun, die Feldfrüchte heimbringen, zum gemeinsamen Tische beisteuern; und bei aller Strenge unserer Lebensführung werde immer Raum für vielerlei Freuden sein, angefangen beim Erfüllen der uns zugewiesenen Aufgaben, denn zu furchtbarer Bürde verdamme sich, wer sich den geheiligten Erfordernissen der Pflicht entziehe; des weiteren sprach er von den besonderen Begehrlichkeiten eines jeden Hausgenossen, doch die schlechten Anwandlungen müsse man zügeln, klug die guten mäßigen, nie das Gleichmaß aus dem Auge verlieren, Selbstbeherrschung üben, vor Selbstsucht und den gefährlichen Leidenschaften, die damit verbunden seien, auf der Hut sein, für unsere ganz persönlichen Probleme eine Lösung suchen, ohne den uns teuren Mitmenschen ernstere Probleme aufzubürden; und zum Abwägen jedes einzelnen Falles sei ja immer dasselbe Fleisch und Blut dagewesen, die getreue Hand, das Wort der Liebe und die Weisheit unserer Grundsätze, zumal ein einzelner Lebenshorizont nicht so weit reiche, wie es scheine, und in meinem Falle das Glück, das ich außerhalb der väterlichen Grenzen erahnt haben mochte, nichts als ein Trugbild sei; ohne den unfrommen Beweggründen meiner Flucht nachzugehen (obgleich er beiläufig andeutete, mein Schritt sei ein schlechtes Vorbild für

Lula, den Jüngsten, dessen Augen mir stets am dichtesten folgten), sprach mein Bruder seine Beschwörung mit besonderer Inbrunst, um mich zu erinnern, daß höhere Kraft im Verzeihen liege als im Kränken, und höhere Kraft im Wiedergutmachen als im Irren, und betonte, die beiden ersteren Haltungen seien die edle Vorder- und Rückseite des guten Charakters und bei meiner Heimkehr komme das Verzeihen der Familie zu und das Wiedergutmachen mir, dem irregeleiteten Sohne; »du weißt ja nicht, was alles wir in dieser Zeit deines Fortseins durchgemacht haben, bestürzt wärst du über das erloschene Gesicht der Familie; es dir zu sagen, Bruder, ist hart, doch die Mutter vermag ihre Seufzer vor niemand mehr zu verbergen«, sagte er, in seinen Tadel ein gewisses und zusehends angestrengteres Gefühl der Zärtlichkeit mischend, er, der gelassen und sicher daherkam, ein wenig feierlich (wie mein Vater), während ich mich einem flüchtigen Schwindel überließ und an die Vorräte unserer armen, ihrer alten Kraft schon entratenden Familie dachte, und in meiner Düsternis war es vielleicht ein lichter Augenblick, als ich argwöhnte, mangels geistiger Nahrung werde in einem prosaischen Pensionszimmer auf einem Irrlicht die letzte Rücklage an Saatgut gekocht; »niemandem hat sie von deinem Weggang erzählt; an jenem Tag, beim Mittagbrot, hat jeder von uns, einer mehr als der andere, bei Tisch das Gewicht deines leeren Stuhls gefühlt; doch wir hielten uns still, die Augen gesenkt, die Mutter füllte uns die Teller, und niemand von uns wagte, nach deinem Verbleib zu fragen; und es wurde ein sich hinschleppender Nachmittag, unser Arbeitsnachmittag mit dem Vater, wir in Gedanken bei unsern Schwestern im Hause, die verloren waren zwischen den Verrichtungen in der Küche und den Stickereien auf der Veranda, an der Nähmaschine oder beim Aufräumen der Speisekammer; wo auch immer sie sich aufhielten, an diesem Tage würden sie nicht mehr dieselben sein, nicht wie sonst das Haus mit Frohsinn erfüllen, würden sich unweigerlich verlassen und trostlos fühlen; du hättest dabeisein müssen, André, das hättest du; und hättest mit ansehen müssen, wie der Vater sich in sein Schweigen einschloß: kaum war das Abendbrot vorüber, verließ er den Tisch, trat hinaus auf die Veranda; niemand sah den Vater zu Bett gehen, dort an der Balustrade blieb er stehen und betrachtete niemand weiß, was es war; erst zur Schlafgehstunde, als ich dein Zimmer betrat und den Kleiderschrank öffnete und die leeren Schubladen herauszog, erst da verstand ich als ältester Bruder die Tragweite dessen, was vor sich ging: die Entzweiung der Familie hatte begonnen«, sprach er und hielt inne, und ich wußte, warum er innegehalten hatte, man brauchte ihm nur ins Gesicht zu schauen, ich aber schaute nicht hin, ich hatte mancherlei in mir selbst zu sehen, hätte in der Tat sagen können, »sehr viel früher, als du denkst, hat unsere Entzweiung begonnen, damals, als der Glaube mir in der Kindheit verderblich wuchs und ich inbrünstiger war als sonst jemand daheim«, hätte ich mit Bestimmtheit behaupten können, doch war nicht die rechte Stunde, über die verschwiegenen Glaubensdienste zu sinnieren, ihre ausschweifenden Seiten, den sakramentalen Genuß von Leib und Blut aufzuwerfen, Wollust und Schauder der Frömmigkeit auszuforschen; gleichwohl kam mir meine Marienbruderschleife mit der Medaille in den Sinn, die ich, frommer Knabe, stets vor dem Schlafengehen auf den Nachttisch legte, und auch, wie Gott mich allmorgendlich um fünf Uhr weckte, damit ich in der Frühmesse die Kommunion empfangen könnte, und wie ich wach im Bett lag und traurig auf meine Brüder in den andern Betten schaute, die weiterschliefen und meine Glückseligkeit nicht genossen, und wie ich Zerstreuung fand im Zwielicht, das aus der Morgendämmerung quoll, und mit jedem Lichtstrahl des wiedererstehenden Tages, der wieder durch die Ritzen drang, die magische Phantastik der kleinen Figuren rings oben an den Wänden wiederentdeckte und stets nur wartete, daß sie ins Zimmer träte und immer wieder zu mir spräche, »wach auf, mein Herz«, und immer wieder mir sanft die Haut berührte, bis ich, der zu schlafen vorgab, erbebend nach ihren Händen griff, und dann begann ein subtiles Spiel, das unsere Hände unter dem Laken trieben, und ich lachte, und sie, voll Liebe, drängte mich flüsternd, »weck deine Brüder nicht, mein Herz«, und dann hob sie meinen Kopf gegen das heiße Kissen ihres Bauches, und ihren fülligen Leib über mich beugend, küßte sie mir immer wieder das Haar, und wenn ich aufstand, war Gott auf dem Nachttisch neben mir, und es war ein Gott, den ich mit Händen fassen konnte, den ich mir um den Hals band und der meine Brust erfüllte, und ich, ein Knabe, schwebte hochgestimmt in die Kirche; gut war das heimelige Licht unserer Kindheit, das selbstgebackene Brot auf dem Tisch, der Milchkaffee und die Butterschale, diese leuchtende Helligkeit unseres Hauses, die stets noch heller schien, wenn wir vom Dorf wiederkamen, diese Helligkeit, die mich später zu verstören begann, mich fremd und stumm werden ließ, mich seit der Pubertät aufs Bett warf wie einen Patienten, »diese nie vermuteten Dinge in den Grenzen unseres Hauses«, hätte ich fast entschlüpfen lassen, doch wieder einmal fand ich, es wäre vergeblich gewesen, irgend etwas zu sagen, in Wahrheit fühlte ich mich außerstande, was immer es sei zu sagen, und meine Augen hebend, sah ich die Augen meines Bruders ins Glas getaucht, und ohne sich zu rühren, als erwidere er den Wink meines Blickes, sagte er, »je festgefügter die Familie, um so heftiger der Fall, ihre Freude und ihre Kraft können so mit einem Schlag zunichte werden«, dies sprach er mit plötzlicher Trauermiene und hielt inne; und wie ein Springquell lebten in mir die hellen Sonntage jener Zeiten wieder auf, wenn unsere Verwandten aus der Kleinstadt aufs Land hinausfuhren, zusammen mit den engsten Freunden, und es war im Wäldchen hinter dem Haus, unter den höchsten Bäumen, die mit der Sonne das heitere, zarte Spiel aus Licht und Schatten fügten, nachdem der Duft gebratenen Fleisches sich zwischen den zahllosen Blättern der mächtigsten Baumkronen verflüchtigt hatte, dann also wurde das zuvor auf dem stillen Rasen ausgebreitete Tischtuch aufgehoben, und so konnte ich zurückgezogen, seitab an einen Stamm gelehnt, die geschäftigen Zurüstungen zum Tanz verfolgen, das rastlose Hin und Her jenes Schwarms von Burschen und Mädchen, darunter meine Schwestern in ihrer Landmädchenart, angetan mit hellen, leichten Kleidern, voll der Liebesversprechen, die in der Reinheit höherer Liebe aufgehoben waren, wie sie anmutig daherliefen und den Wald mit ihrem Lachen erfüllten und dort, wo das Tischtuch gelegen hatte, die Obstkörbe niedersetzten, worin die Honig- und Wassermelonen, unter Freudenrufen zerteilt, und die Weintrauben und Orangen, in den Obsthainen gepflückt, in all ihrer Üppigkeit wohlangeordnet inmitten dieses Waldplatzes die Losung zum Tanze gaben, und erhaben war diese Freude, wenn die sinkende Sonne sich durch Blätter und Zweige drängte und dann und wann über den stillen Schatten einen ätherischen Schimmer göttlichen Lichtes ausschüttete, das warm in jenen feuchten Gesichtern widerleuchtete, und als erster begann sich der Reigen der Männer zu formen, mein Vater mit aufgekrempelten Ärmeln bemüht, die Jüngeren zusammenzubringen, alle faßten sich straff bei den Armen, kreuzten ihre Finger fest mit den Fingern ihrer Nachbarn, fügten um die Körbe voller Früchte das geschlossene Rund eines Reigens gleich dem deutlichen, starken Rund eines Ochskarrenrades, und alsbald zog mein alter Onkel, ein alter Einwanderer, Hirte aber in seiner Kindheit, aus der Tasche die Flöte hervor, zarter Halm in seinen schweren Händen, und wie ein Vogel fing er an sie zu blasen, seine Backen blähten sich wie die eines Kindes, und sie blähten sich so sehr, so sehr, und mit blutrotem Gesicht erweckte er den Eindruck, als lasse er all den genossenen Wein aus den Ohren wie aus Zapfhähnen sprudeln, und zum Klang der Flöte begann die Runde, fast stockend, sich schwerfällig in Bewegung zu setzen, zuerst in einer Richtung, dann in der Gegenrichtung, langsam ihre Kraft erprobend in einem harten Hin und Her, dessen dumpfen, kraftvollen Rhythmus die Füße männlich gegen den Boden stampften, bis mit einemmal die Flöte sich emporschwang, verzaubert den Wald durchdrang, über blühende Gräser flog und Viehweiden querte, und die Runde, nunmehr vibrierend, wurde immer schneller und vollführte ganze Drehungen, und schon war sie nicht mehr das Rad eines Ochsenkarrens, vielmehr ein großes Mühlrad, das sich geschwind in einem Sinn drehte und zum wieder anhebenden Klang der Flöte im Gegensinn kreiste, und die anwesenden Älteren und auch die auf ihren Augenblick wartenden Mädchen, sie alle klatschten, den neuen Rhythmus zu verstärken, und nicht einen Augenblick zögerte Ana, ungeduldig, ungestüm, mit ihrem Landmädchenleib, ihr loses schwarzes Haar mit einer Blume rot wie Blutgerinnsel seitlich zusammengesteckt, diese meine Schwester, die, gleich mir, mehr denn jeder andere Hausgenosse die Pest im Leibe trug, sie querte nun die tanzende Runde, und sogleich erahnte ich ihre präzis gesetzten Zigeunerinnenschritte inmitten des Reigens, ihr geschmeidig gewundenes Gebärdenspiel zwischen den Körben voll Früchten und Blumen, wie sie die Erde mit nichts als den bloßen Zehenspitzen berührte, mit erhobenen Armen langsam sich schlängelnd zum langsameren, wogenderen Trillieren der Flöte, hoch über dem Haupt die anmutig kreisenden Hände, ganz Ausbund wilder Eleganz, die wohltönenden Finger wie Kastagnetten schnippend und so auf ihren Ursprung deutend, während ringsum die Runde immer geschwinder kreiste, immer sinnverwirrender, und von außen die Hände immer heißer und lauter klatschten, und sie, immer ungestümer geworden und alle magnetisch bannend, raubte unversehens einem der Burschen das weiße Tuch aus der Tasche, ließ es mit erhobener Hand und schlängelnden Körperbewegungen über ihrem Kopfe flattern, sie wußte, wie man es macht, diese meine Schwester, zunächst das wohlversteckte Natterngift unter der Zunge versteckt zu halten und dann in die Weintraube zu beißen, die voll speichelpraller Beeren hing, während sie in aller Mitte tanzte, das Leben aufwühlend, Schmerzen aufstörend, Schreie der Verzückung entreißend, und gleich darauf begannen in fremder Zunge die schlichten Verse aufzusteigen, fast ein Hymnus, angestimmt von den Älteren, und ein blutjunger, kreuzfideler Vetter, von der Strömung mitgerissen, ergriff zwei Topfdeckel und schlug sie als schrilles Becken, und herbeigelockt vom ansteckenden Klang, wie es schien, kamen die Reiher und Enten vom See geflogen, um ihnen allen dort im Wäldchen Gesellschaft zu leisten, und ich konnte, wenn der Wein seine Feierlichkeit befeuchtet hatte, mir die Freude in meines Vaters Augen vorstellen, nun er gewisser war, daß nicht alles im Schiffsleib verdirbt, und ich, der ich auf einer vorspringenden Wurzel im tiefsten Walddunkel dasaß, ließ den sacht durch die Bäume streichenden Wind mir ins Hemd wehen und mir die Brust schwellen, und auf der Stirne fühlte ich die freie Liebkosung meiner Haare, und in dieser scheinentspannten Haltung stellte ich mir ständig von fern die frische Haut ihres lavendelduftenden Gesichtes vor, ihr Mund ein süßer Fruchtschnitz voll Zärtlichkeit, Geheimnis und Gift in ihren Dattelaugen, und meine Blicke hielten nicht länger an sich, ich schnürte die Schuhe auf, streifte die Strümpfe ab und schob mit meinen weißen, reinen Füßen nach und nach das dürre Laub beiseite und gelangte darunter zur dichten Humusschicht, und mich überkam eine unbezähmbare Lust, den Boden mit bloßen Fingernägeln aufzugraben und mich in diese flache Grube zu legen und mich ganz mit feuchter Erde zu bedecken, und ich, auf diesem verborgenen Pfade, bemerkte nicht, wie sie von der Gruppe sich löste und alles mit weiten, bekümmerten Augen absuchte, und ihre nahenden Schritte verquickten sich anfangs mit dem scheuen und jähen Geräusch des Kleingetiers, das herzlich grüßend sich rings um mich regte, und ich bemerkte ihre Gegenwart erst, als sie schon dicht vor mir war; da hielt ich den Kopf gesenkt und horchte auf ihre Schritte, die plötzlich ihre Eile verloren und schwer und langsam wurden, deutlich die dürren Blätter unter ihren Füßen zerdrückend und verworren im Innersten mich zerdrückend, und ich fühlte, den Kopf gesenkt, mit einemmal ihre heiße, fleißige Hand zunächst die Streu beiseite schieben und dann meine Haare fassen und streicheln, und ihre Stimme, aus den Verhärtungen der Gebärmutter geboren, blühte mit einemmal tief auf in diesem abgeschlossenen Waldwinkel, wo ich lag, und es war, als käme sie aus dem Innern eines aus lauter Steinen erbauten Tempels, der gleichwohl von ätherischem, durch Glasfenster strömendem Licht durchflutet wäre, »komm, mein Herz, komm und spiel mit deinen Geschwistern«, und ich dort, ganz still und eingezogen, ich sagte nur, »laß mich, Mutter, ich hab hier mein Vergnügen«; doch meine mit Bitterkeit gefüllten Augen lösten sich nicht von meiner Schwester, deren flammende Fußsohlen Zeichen in mich brannten, die in mir fortglühten ...; was für ein heller Staub, als ich damals den Rücken jener verflossenen Zeit vor mir sah, derselben Zeit, vor der ich eines Tages, die Füße in

Ketten, die Augen senkte, um ihr nicht ins Angesicht zu schauen; und wie schwer wog dieser Rucksack an meinen Schultern, als ich das Elternhaus verließ; diese Last an mein Kreuz geschnallt, schritten wir beide zwillingsgleich Rücken an Rücken dahin, zwei Dotter ein und desselben Eis, Augen vorwärts und Augen rückwärts gerichtet; und ich dort, beim Anblick meines Bruders, erblickte vielerlei ferne Dinge, und an jenem Spätnachmittag war ich im Begriff, den verzweifelten Entschluß zu fassen, mich in den weichen Bauch jener Stunde zu werfen; vielleicht, daß ich in plötzlicher Rührung sogar meinen Bruder mich zu verlassen bäte: »viele Grüße an die Familie«, und die Tür schlösse und mich, allein in meiner Dunkelheit, in das zarte Sonnentuch einrollte, das an einer der Stubenwände aufgespannt hing, um mich dann, so geschützt, dem Wein und meinem Schicksal zu überlassen.

6

Seit meiner Flucht rückte ich durch Beschweigen meiner Revolte (Biß hatte meine Stummheit! Relief hatte meine Wut) mit jedem Schritt weiter weg von der Fazenda dort, und sollte ich zerstreut etwa fragen, »wo gehen wir denn hin?« – ganz gleich, ob ich die Augen höbe und ganz neue, womöglich weniger rauhe Landschaften erblickte, ganz gleich, ob ich in immer entferntere Gegenden gelangte – deutlich müßte ich von meinen Sehnsüchten ein strenges Urteil vernehmen, ein Kieselstein wär's, ein unnachsichtiger Knochen, bar jeden Zweifels: »wir gehen immer nach Hause.«

7

»Als ich ihr erzählte, ich würde dich zurückholen, blieb sie stehen, die Augen voll Wasser, Angst in den Augen, was ist denn, Mutter, sagte ich zu ihr, seien Sie doch ein bißchen fröhlich, lachen sollten Sie, sagte ich und spielte in ihrem Haar, schauen Sie doch nicht so drein und machen Sie sich keine Sorgen, ich bin sicher, nicht den geringsten Ärger wird es mit diesem Ausreißer geben, Sie werden sehen, wie froh Ihr Sohn sein wird, genau das werden Sie sehen, sagte ich zu ihr, Sie werden sehen, alles wird wieder genauso, wie es war, alles wird sein wie zuvor, sagte ich, und da umarmte sie mich, und wie sie mich umarmte, sagte sie nur, bring ihn zurück, Pedro, bring ihn zurück und sag deinem jüngsten Bruder nichts davon und auch nicht deinen Schwestern, daß du gehst, aber bring ihn zurück, und während ich sagte, seien Sie ganz beruhigt, Mutter, seien Sie ganz beruhigt, da konnte sie noch sagen, jetzt geh ich das Süßbrot kneten, das er immer so gern gegessen hat, sagte sie mir und drückte mich, als drückte sie dich, André«, und dabei lächelte mein Bruder, die Augen blank und voller Licht; und in seiner Art, mich anzublicken, lag die lauterste Zärtlichkeit der Welt, mich aber rührte das nicht eigentlich, ich blieb schweigsam, und mit meiner benetzten Erinnerung dachte ich nur, wie sie mich früher aus dem Bett riß, »komm, mein Herz, komm mit mir«, mich fortzog in die Küche und am Tisch mit der einen Hand mich festhielt und die Fingerspitzen der andern Hand auf den Grund einer Schüssel drückte, und nicht mit der Gabel, mit ihren dicken Fingerspitzen griff sie einen Happen und führte ihn zu meinem Mund, »so füttert man ein Lamm«, pflegte sie zu sagen, und als ich meinen Bruder plötzlich in sich gekehrt sagen hörte, »Mutter ist sehr gealtert«, dachte ich weiter an sie in anderer Richtung und konnte sie nun im Schaukelstuhl sitzen sehen, mutterseelenallein und verloren in ihren grauen Grübeleien, von früh an beschäftigt, die geklöppelten Spitzen aufzulösen, mit denen sie ihr Leben lang die Liebe und Eintracht der Familie umwirkt hatte, und als ich den majestätisch schlichten Kamm in ihrem Haarknoten stecken sah, spürte ich mit einemmal, daß er ein Geschichtsbuch aufwog, und spürte auch, wenn ich an sie dachte, daß die Frucht bald aufbrechen würde, die mir in der Kehle wuchs, und nicht irgendeine Frucht war es, es war eine Feige mit ausgeschwitzten dicken Honigtropfen, die mir die Lunge verstopften und mir stolz schon zu den Augen stiegen, doch mit größter Anstrengung die Lider senkend, schloß ich alle meine Poren, wenngleich dies alles vergeblich war, denn nichts mehr konnte dem unentwegten Patriarcheneifer meines Bruders Einhalt gebieten, »doch niemand daheim hat sich so verändert wie Ana«, sagte er »kaum warst du fort, hat sie sich zu Gebeten in die Kapelle zurückgezogen, sofern sie nicht in einem entlegeneren Winkel des Wäldchens oder, halbverborgen und mit sonderbarem Ausdruck, dort beim alten Haus umherirrt; niemandem daheim gelingt es, unsere Schwester ihrer frommen Stummheit zu entreißen; den Kopf immerzu in einen Schleier gehüllt, barfuß, so bringt Ana wie schlafwandelnd die Tage zu und streift über die Fazenda; niemand zu Hause bereitet uns solche Sorgen«, sagte er, und da sah ich mein Zimmer plötzlich dunkel geworden, und nur ich kannte diese Dunkelheit, eine Dunkelheit, vor der ich angstvoll immer die Augen verschloß, ebendeshalb stand ich auf, um gegen den Schwindel anzugehen, den ich kommen spürte, und unter dem Vorwand, unsere Weingläser nachzufüllen, ging ich krummen Schrittes zum Tisch und holte eine neue Flasche, doch sobald ich einschenken wollte, sah ich die erhobene Hand meines Vaters in seiner Geste, »ich trinke nicht mehr«, sagte er ernst, entschlossen, sonderbar verändert, »und auch du darfst nicht mehr trinken, nicht aus diesem Wein kommt die Weisheit, die unser Vater uns gelehrt hat«, sagte er mit einem jähen Ausdruck von Wut im Gesicht, offenbar darauf verzichtend, mein Schweigen mit Herzlichkeit aufzubrechen, und gab zu erkennen, ich würde von nun an eine harsche Zurechtweisung erleben, »mitnichten wird der Geist dieses Weines einen solchen Schaden, wie unser Haus ihn erlitten hat, wiedergutmachen«, fuhr er schneidend fort, »stell diese Flasche beiseite, hüte dich vor Ausschweifung, wir reden von der Familie«, setzte er unerbittlich hinzu, offen feindselig, und ließ mich plötzlich fühlen, der Hund, der stets im schlaftrunkenen Schatten der Dachtraufen lag, sei im Begriff, mir von der Kette zu laufen, und ließ mich fühlen, ich hätte für Mäßigung und Nüchternheit ja nur heftigsten Spott und Sarkasmus übrig, und ließ mich mit einem Blitzstrahl fühlen, ein großzügiges, überreiches Geschenk sei es, daß ich mich fallenlassen könne, dies alles und noch viel mehr fühlte ich beim Zitteranfall, der mich mit mächtigen, wellenartigen Krämpfen durchschüttelte, »trinken schadet nicht«, brüllte ich umgewandelt, längst schon hätte diese Umwandlung zu Hause eintreten müssen, »ich bin ein Fallsüchtiger«, platzte ich hinaus, mehr denn je durchzuckt vom heftigen Blutschwall in meinen Adern, »ein Fallsüchtiger«, brüllte und schluchzte ich die ganze Zeit in mich hinein und wußte wohl, auf der Spitze eines Abenteuers schleuderte ich in diesem Augenblick, mir die Innenhand zerfleischend, den Krug meiner alten Identität, gefertigt aus meiner eigenen Hände Lehm, zu Boden, und mich auf diesen Scherbenboden werfend, mit Haut und Haaren in einen wahnwitzigen Anfall gestürzt, schrie ich immer lauter, »du hast einen fallsüchtigen Bruder, laß es dir gesagt sein, geh jetzt nach Hause und überbringe diese Enthüllung, geh jetzt, und du wirst sehen, Türen und Fenster da zu Hause sollen zuschlagen bei diesem

Sturmwind, und ihr, Familienmenschen, werdet mit Vaters schwerem Werkzeugkasten kapuzengeschützt das Haus umkreisen, um hastig Bretter kreuzweis vor die Fensterflügel zu hämmern und zu nageln, und unsere Schwestern mit ihrem mittelmeerischen Wesen sollen in schwarzen Gewändern durchs Trauerhaus flattern, und ein heulender, schluchzender und seufzender Chor soll sein bei diesem Familientanz hinter verschlossenen Türen, und ein Schwirren von Taschentüchern, um die Gesichter zu decken, und verweint und erschöpft sollen die Schwestern sich alle in einer einzigen Ecke zusammendrängen, und dann magst du immer lauter schreien, ›unser Bruder ist ein Fallsüchtiger, ein Zukkender, ein Besessener‹, und erzähle auch, ich hätte ein Zimmer in einer Pension genommen für meine Anfälle, und sag außerdem immerzu, ›wir haben mit ihm unter einem Dach gelebt und wußten es nicht, nicht einmal Verdacht haben wir je geschöpft‹, und alle zugleich könnt ihr schreien, ›er hat uns getäuscht‹, ›er hat uns getäuscht‹, und schreit soviel ihr wollt, weidet euch sattsam an dieser Neuentdeckung, auch wenn ihr die pferdefüßige Machenschaft nicht durchschaut, die mich umstrickt hat, und du als ältester Bruder kannst mit einem Verzweiflungsschrei klagen, ›wie traurig, daß er unseres Blutes ist‹, schrei, schrei immerfort, ›eine vermaledeite Pest hat ihn befallen‹, und schrei auch noch, ›welch ein Unglück ist über unser Haus hereingebrochen‹, und frage wutentbrannt, doch wie jemand, der einen Rosenkranz herunterbetet, ›was macht ihn so anders?‹, und hören wirst du den solcherart in einem Winkel zusammengedrängten Chor, düster und heiser, den diese formlose Menge dir zurufen wird, ›er trägt den Dämon im Leib‹, und mach nur weiter und rede nur weiter, ›er hat finstere Augen‹, und hören sollst du, ›er trägt den Dämon im Leib‹, und laß dir weiter die Steine dieser Gosse durch die Finger gleiten und sprich in einer Wallung von Schreck und Entsetzen, ›welch abscheuliches Verbrechen hat er begangen!‹, ›er trägt den Dämon im Leib‹, und sage auch noch, ›er hat die Familie befleckt, hat uns zu den Flammen der Schande verdammt‹, und immer wirst du hören den gleichen höhlendumpfen Ton, ›er trägt den Dämon im Leib‹, ›er trägt den Dämon im Leib‹, und dann im Klagechor, Gotteslästerern gleich, hebet die Arme und richtet den einstimmigen Ruf zu den Himmeln, ›Er hat uns verlassen, Er hat uns verlassen‹, und darauf, müde von so viel Gejammer, von so viel Tränen und Zähneknirschen, und die Behaarung auf Brust und Armen ausstellend, geh stracks zum Wäscheschrank, schiebe flugs seine Türen auf und suche die leinenen Laken von früher, die mit solcher Sorgfalt dort aufbewahrt werden, und gib acht, gib acht, dann wirst du sehen, daß diese Laken, selbst sie, wie alles bei uns zu Hause, selbst diese so wohlgewaschenen, blütenweißen, gefalteten Tücher, alles, Pedro, daß alles bei uns zu Hause krankhaft durchtränkt ist mit dem Wort des Vaters; er, Pedro, der Vater war es, der immerzu sagte, mit der Wahrheit müsse man beginnen und mit der Wahrheit müsse man schließen, er sagte immer solche Dinge, drückend waren jene Familienpredigten, so aber fing er sie immer an, dies war sein Eckwort, dies unser Stolperstein in Kindertagen, dies der Stein, der uns alle Augenblick schrammte, dorther kamen unsere Prügel und unsere Wundmale, sieh, Pedro, sieh her meine Arme, doch er war es auch, er war es, vermutlich ohne zu wissen, was er sagte, und der ganz sicher, ohne zu wissen, welchen Gebrauch unsereins davon eines Tages machen könnte, der also sagte, aus Unachtsamkeit auf einen Abweg geraten: ›siehe die Stärke des Baumes, der einsam wächst, und den Schatten, den er der Herde spendet, die Tröge, die langen Tröge, wie sie einsam in der Unermeßlichkeit der Weiden stehen, so glattgeleckt von so vielen Zungen, dort, wo das Vieh das Salz sucht, das ausgeteilt wird zur Reinigung seines Fleisches und seiner Haut‹, er sagte ständig solche Dinge in seiner eigenen, festen, von Sonne und Regen gehärteten Syntax, er war dieser sehnige Landmann, der von der Erde den formlosen Stein aufhob, den er nicht in jedermanns Händen derart formbar wußte; so war es, Pedro, verworrene Flure hatte unser Haus, doch er wollte die Dinge so, die Hände der Familie mit ländlich rohen Steinen schürfen, unser Blut hervorritzen, wie man einen Kalkfelsen ritzt, aber ist dir jemals eingefallen? ist dir je in den Sinn gekommen, und sei es noch so flüchtig, den Deckel des Wäschekorbs in der Badestube zu lüften? ist dir jemals eingefallen, die heiklen Hände dort einzutauchen und sorgsam jedes hineingeworfene Teil herauszuholen? ein Stück eines jeden einzelnen von uns holte ich heraus, wenn ich die Hände in den Korb eintauchte, niemand hörte besser eines jeden Schrei, glaub es mir, die erbitterten Familiendinge versenkt im züchtigen Schweigen der dort abgelegten Unterwäsche, doch nur nachzuschauen brauchte man, brauchte nur den Deckel zu lüften und die Hände einzutauchen, brauchte nur die Hände einzutauchen, um die Zweideutigkeit des Gebrauchs zu erkennen, die Taschentücher der Männer als Unterlage ausgebreitet, um die Laken rein zu halten, man brauchte nur die Hände einzutauchen, um den zerknitterten Schlaf der Nachthemden und Pyjamas zu fassen und das in ihren Falten verlorene – voll gelockter und verdrängter Energie – allerzärtlichste Schamhaar zu entdecken, und nicht lange mußte man wühlen, um die nußbaumfarbenen Regelflecken im Schritt der zarten Frauenwäsche zu finden oder das stumme Schluchzen zu vernehmen, das beim Bügeln der weißen, weichen Baumwolle der Unterhosen aus dem Hodensack aufstieg, den ganzen Familienkörper mußte man kennenlernen, die Hygienetücher, mit rotem Staub bedeckt, als wären es Mördertücher, in Händen halten, alle Familienkörpersäfte kennenlernen, die essigsauer und faulig nach Krampfadern riechend an den kalten Wänden des Schmutzwäschekorbes schimmelten; niemand hat dort seine Hände mehr eingetaucht, Pedro, niemand hat die Einsamkeitsflecken mehr gefühlt, vielfach abgetrieben mit dem Schmierfett der Phantasie, man mußte unsere Beinkammer überraschen, wenn das Haus von Schlaflauten widerhallte, mußte das Bett verlassen, durch die Flure wandeln, an allen Türen das Pochen, das Stöhnen und die weiche Wollust unserer Tötungsentwürfe hören, niemand hat einen jeden zu Hause besser gehört, Pedro, niemand hat mehr geliebt, niemand hat besser den Weg unserer Eintracht erkannt, stets gewiesen von der Gestalt unseres Großvaters, dieses hageren, aus dem Holz der Familienmöbel geschnitzten Greises; er war, Pedro, er war in Wahrheit unsere Urader, er in jenem schwarzen, obligaten Anzug, der zu groß war für das magere Gestell seines Leibes und der die dürre Weiße seines Gesichts mit Schändlichkeit überzog, er war in Wahrheit derjenige, welcher uns führte, stets eingezwängt in eine Weste, auf der dunklen Brust die Uhrkette wie ein goldglänzender, übergroßer Angelhaken; dieser asketische Greis, dieser verwelkte Landmann aus altem Geschlecht, der in der Schlaffheit überkommener Nachmittage seinen eingetrockneten Schlummer in den Truhen und den so wohlausgeschlagenen Schubladen unserer Kommoden verwahrte, er, der sich nichts als das sanfte, lyrische Mysterium gönnte, an heißeren und feuchteren Abenden eine erinnerungsschwere, traumartige Jasminblüte im Knopfloch zu tragen, er war der Lenker all unserer Schritte, immer er, Pedro, immer er in jener Gläserschrankstille, in jener Verlorenheit der Flure, wenn er uns nötigte, unsere Kinderängste hinter den Türen zu verbergen, uns nicht erlaubte, es sei denn in bemessenen Schlücken, den Leichenduft unserer Schmerzen zu schlürfen, der seinen feierlichen Wanderungen durchs alte Haus entströmte; er war der in Gips modellierte Wegweiser, keine Augen hatte dieser unser Großvater, Pedro, nichts existierte in den beiden tiefen, hohlen und dunklen Höhlen seines Gesichtes, nichts, Pedro, nichts an jenem Knochenstengel glänzte außer der Kette seines furchtbaren, orientalischen Goldangelhakens«, brüllte ich, mich schüttelnd, und sah in meinem Bruder Verblüffung, Schreck, Angst und viel Weiß in seinem Gesicht, ich, der ich noch schreien konnte, »halt dir die Ohren zu, steck dir die Finger ins Loch«, ich, der ich zuvor in dämonischer Wirrung von einer Ecke in die andere gewandert war, plötzlich kniete ich nieder und hockte auf den Fersen, und beim Anblick seiner zitternden Hand, er selbst im Begriff, unsere Gläser nachzufüllen, wußte ich vor lauter Unschlüssigkeiten nicht mehr, ob ich ihm mit der Faust ins Gesicht schlagen oder ihn auf die Wangen küssen sollte; und einige Augenblicke lang fielen wir in ein geordnetes Schweigen, damit nichts den Strom meiner Ekstase störte; zwischen schweren Weinschlücken bald die Decke meines Zimmers, bald die dunklen Dinge im Mund meines Bruders betrachtend, fiel mir auf, mit welcher Sorgfalt er einen Blick und eine Haltung zusammenfügte, die mich zum Fortfahren ermuntern sollten; da wollte ich sagen, »mach dir keine Sorgen, mein Bruder, mach dir keine Sorgen, ich weiß ja wie ich meinen Anfall wiederfinde«, schließlich aber, wie wichtig war es überhaupt, die Dinge zu sagen? die Welt war für mich schon enthüllt, ich brauchte nur den Atem tief aus der Lunge zu ziehen, den Wein tief aus der Flasche, und die Worte in dieser süßen Erstarrung zu baden, mit tiefer Zunge jeden Tropfen schmeckend, jede Beere gestampft mit den Füßen in diesem Wein, diesem Göttergeist; »es ist mein Delirium, Pedro«, sagte ich in einer lauen Wallung, »es ist mein Delirium«, sagte ich aufs neue, als mir einfiel, ich könnte schon mit dem öligen Speichel dieses Wortes kommunizieren, doch in Wahrheit waren es nur die ersten Schwingungen meines weinroten Blutes, das ich salzreich und dickflüssig spürte und das mir zum Kopf zurückströmte und dort die bislang wehrlose Blüte schwellte und aus jenem Würmerhaufen das bortenlose, heilige Kissen machte, worauf ich mein Denken betten könnte; ich allein wußte in jenem Augenblick voller Schäume, auf welchen Wassern, auf welchen Wellen ich selbst umhersegelte, ich allein wußte, welch salziges Schwindelgefühl mich schwanken ließ, »es ist mein Delirium«, sagte ich wieder in einer dunkleren Wallung, müde der ausgeruhten Ideen, gemütvollen Augen, weichen Körperwindungen, mochte dies alles verbrennen, meine Füße, die Dornen an meinen Armen, die das Holz meines Leibes deckenden Blätter, meine Stirn, meine Lippen, wenn nur zugleich mir die unnütze Zunge erhalten bliebe; das übrige, später, wenig kam es später darauf an, ob alles unter Klagen, Schluchzen und Seufzen der Familie abginge; »Pedro, mein Bruder, zusammengestückelt waren Vaters Predigten«, sagte ich plötzlich mit aufrührerischem Leichtsinn und fühlte für einen wenn auch flüchtigen Augenblick, wie seine Hand unwirsch zur rügenden Geste ansetzte, sogleich aber stumm zurückzuckte, es war die erschrockene Hand der Familie, die vom Predigttisch kam; was für festgeronnene Gesichter, unsere heranwachsenden Gesichter um jenen Tisch: der Vater am Kopfende, die Wanduhr im Rücken, jedes seiner Worte gewichtet vom Pendel, und nichts in jenen Zeiten zerstreute uns so sehr wie die ernsten Stundenschläge.

8 Wo hatte ich den Kopf? was war es für Heu, das meine Bettstatt bildete, ein so weiches, so duftendes, so stilles, das mich ausgestreckt auf dem tiefen Rücken der Ställe und der Pferche trug? was war es für Heu, das mich beim Ruhen hütete, betäubt wie ich war von der breiten Zunge einer übersorglichen Kuh, die mir Liebkosungen auf der eingeschlafenen Haut wiederkäute? was war es für Heu, das mich in ruhige Träume auflöste, den Nesselbrand überfliegend, und mich mit dem Winde im unermeßlichen Blütenlaken der Weiden wiegte? was für ein Schlaf war es, so frugal, so bartlos, der nichts tat, als aus den Brustwarzen den feinsten Most der Obsthaine zu saugen? was sind es für Früchte, so vollendet, derart weich und fest im Biß und gierig eingesogen im Schlaf meiner Zähne? was für hellweiße, seraphische Körner beim Dreschen sanftmütiger Lächelmienen, wenn die Schmeißfliege meines grünen Traums meinen Lippen entflog? was für ein tief verborgenes, tief geduldiges Saatkorn! was für ein langwährendes Überwintern! was für eine hochvergeßliche Sonne, was für ein frischjugendliches Tier, was für ein tiefverlassener Schlaf zwischen Pflöcken, zwischen Blöklauten, wo hatte ich meinen Kopf? keine andere Frage kommt mir in diesen ganz durchwachten Nächten, da ich das Fenster öffne und es mich treibt, Reihen von Kirchenkerzen auf den feuchten und stummen Schwingen eines blauen Windhauchs anzuzünden, der wie ein geflügelter Schal zu stets derselben Stunde durch die Atmosphäre weht; bestand nicht mein Schlaf, wie ein einstiger Apfel, ganz aus reifen Stunden? welche Harze lösten sich in der Verdammnis des Raumes und geißelten mir tückisch den zarten Rasen meiner Nasengänge? welch jäher, heißer Hauch richtete meine Wimpern auf? welcher Sprung, welch unverhofftes, ruheloses Fohlen erhob meinen Leib zu gestrecktem Galopp? dies

die Fragen, die ich jetzt der Reihe nach fragen will, ohne zu wissen, wen ich fragen soll, beim Ausheben der Erde unter dem vorzeitigen Licht meines Fensters, gleich einem irr gewordenen Frühaufsteher, der bei der tiefsten Morgentemperatur die Decken des Gebärmutterbettes von sich wirft und barfuß und nüchtern Steinblöcke auf einem Bord zu stapeln beginnt; nicht aus Heu war's, in einem wohlgegerbten Bett aus Kompost, aus Dung mein Kopfkissen, dort wo die unwahrscheinlichste Pflanze keimt, ein gewisser Pilz, eine gewisse Giftblume, die verderblich sprießend durch das Moos der Ahnenschriften bricht; dieser Urstaub, der Kernkeim, gezeugt in unterirdischen Kanälen und einbrechend in lockere, einbildungskräftige Erde: »welche Qual, o welche Qual, o welche Qual!« bekannte ich immer wieder und sammelte in Worten den nutzlosen Likör, den ich beständig filterte, doch welch süße Bitterkeit, die Dinge zu sagen und in ein schweigendes Bild die Symmetrie der Beete, die Verschlungenheit der Steinwege inmitten des Rasens einzuzeichnen, Eukalyptuspfähle um die Pflanzschulen zu rammen, mit hohlen Händen das Ofenloch der Ziegeleien zu weiten, lotrecht die feuchten Dunghaufenwände zu errichten und in diesem harmonisch durchstöberten Schweigen, weinduftend, düngerduftend, dort die Zeit zu fügen, geduldig.

9 Was für festgeronnene Gesichter, unsere heranwachsenden Gesichter um jenen Tisch: der Vater am oberen Ende, die Wanduhr im Rücken, jedes seiner Worte gewichtet vom Pendel, und nichts in jenen Jahren zerstreute uns so sehr wie die ernsten Stundenschläge: »Die Zeit ist der größte Schatz, über den ein Mensch verfügen kann; obschon unverzehrbar, ist die Zeit unser bestes Lebensmittel; ohne selbsteigenes Maß, ist die Zeit gleichwohl unser herrlichstes Gut: ohne Anfang, ohne Ende; eine exotische Frucht, die sich nicht aufteilen läßt, dennoch imstande, alle Welt gleichermaßen zu versorgen; allgegenwärtig steckt Zeit in allem; Zeit zum Beispiel existiert in diesem altehrwürdigen Tisch: zuerst existierte eine geeignete Erde, sodann existierte ein Jahrhundertbaum aus ruhig gewachsenen Jahren, und schließlich existierte ein astiges, hartes Brett, von Handwerkerhänden Tag um Tag bearbeitet; Zeit existiert in den Stühlen, auf denen wir sitzen, in den andern Familienmöbeln, in den Wänden unseres Hauses, im Wasser, das wir trinken, in der Erde, die fruchtet, im Samen, der keimt, im Obst, das wir ernten, im Brot auf dem Tisch, in unserer Körpersubstanz, die sich fortpflanzt, im Licht, das uns leuchtet, in den Dingen, die uns durch den Kopf gehen, im Staub, der sich breitet, wie in allem, was uns umgibt; reich ist nicht der Mensch, der sammelt und sich nach der Menge seiner Münzen gewichtet, noch jener Unersättliche, der sich mit Händen und Armen weit in Ländereien dehnt; reich ist nur der Mensch, der gelernt hat, fromm und demütig, mit der Zeit zusammenzuleben, ihr liebevoll zu nahen, nicht ihren Verfügungen zuwiderzuhandeln, nicht gegen ihren Lauf zu rebellieren, nicht ihre Strömung zu reizen, vielmehr wach den Zeitfluß zu beobachten, ihn weise zu ehren, um von ihm Gunst und nicht Zorn zu ernten; das Gleichgewicht des Lebens hängt we-

sentlich an diesem höchsten Gut, und wer das Quantum Gemachheit oder Langmut zu treffen weiß, das in alle Dinge zu legen ist, läuft nie Gefahr, auf der Suche nach ihnen vorzufinden, was nicht ist; daher soll niemand in unserem Hause je einen Schritt tun, der länger ist als das Bein: einen Schritt tun, der länger ist als das Bein, ist das gleiche wie die Zeit unterdrücken, die für unser Handeln notwendig ist; und niemand in unserem Haus soll je den Karren vor die Ochsen spannen: den Karren vor die Ochsen spannen ist das gleiche wie einer Unternehmung das Quantum Zeit entziehen, das sie erfordert; und ferner soll niemand in unserm Hause je die Dinge beim Dach beginnen: die Dinge beim Dach beginnen ist das gleiche wie die Zeit vertun, die man benötigen würde, um die Grundmauern und Wände eines Hauses zu errichten; wer beim Umgang mit der Zeit über die Stränge schlägt, voll Vorwitz, Hast und Begierde sich überstürzt, wird nie belohnt werden, denn nur das rechte Zeitmaß trifft die rechte Natur der Dinge, und nicht derjenige trinkt den Wein, der das volle Glas in einem Zuge leert; doch verschont von Fehlschlag und frei von Enttäuschung bleibt, wem dieses Gleichgewicht gelingt; im magischen Umgang mit der Waage liegt die ganze Mathematik der Weisen beschlossen, auf der einen Schale der rohe, zu bearbeitende Stoff, auf der anderen das Zeitquantum, das von jedermann verfeinerte Rechenkunst erheischt, waches Augenmaß und behenden Zugriff bei geringster Abweichung; weise sind die derben Hände des Fischhändlers beim Wiegen des streng riechenden Fanges: entschlossen und beherrscht zwingen sie beide Waagschalen, nach kurzer Berechnung, zur absoluten Ruhe, Reglosigkeit und Vollendung; nur der gelangt zu diesem seltenen Erfolg, der nicht zuläßt, daß bösartiges Zittern seine Hände überwältigt, noch zuläßt, daß dies Zittern aufsteigt und die heilige Kraft seiner Arme zersetzt oder sich über den Kreislauf verteilt und die unbefleckten Körperregionen erfaßt, noch den Kopf mit Pesthauch bläht oder die Augen mit Aufruhr und Verfinsterung füllt; nicht auf dem Amboß, nach dem Schmieden, schlüpfen wir in den Steigbügel, noch entzünden wir die Faser, mit der wir unsere Zügel flechten; kann etwa antworten, wohin er reitet, wer ein ungezähmtes Fohlen besteigt, nur weil es flink ist? die Welt der Leidenschaften ist die Welt des Ungleichgewichts, und dagegen müssen wir den Draht unserer Zäune spannen, und mit so vielen Stachelreihen müssen wir ein engmaschiges Gitter flechten, und über diesem Gitter eine üppige, dichte, starke Hecke wuchern lassen, damit sie das ruhige, helle Licht unseres Hauses scheide und schütze und die auf der andern Seite brennenden Finsternisse vor unsern Augen verdecke und verberge; und niemand unter uns soll diese Scheidelinie überschreiten, niemand unter uns soll auch nur seinen Blick hinüberwerfen, niemand unter uns soll je in das Gebrodel dieses Irrsinnskessels stürzen, wo eine lästerliche Chemie die Zeit zu zersetzen und neu zu schöpfen sucht; nicht straflos entweiht man der Zeit die Substanz, die nur sie, die Zeit, bei den Wandlungen verwenden darf, niemand fordert sie heraus, ohne ihren unerbittlichen Vergeltungsschlag zu empfangen; wehe dem, der mit dem Feuer spielt: voll Asche werden seine Hände sein; wehe dem, der sich von der Hitze so vieler Flammen mitreißen läßt: mit Schlaflosigkeit wird er gezeichnet sein; wehe dem, der seinen Rücken auf die Scheite dieses heimlichen Brennholzes bettet: alle Tage soll er büßen; wehe dem, der fällt und bei diesem Fall sich aufgibt: mit seinem rohen Fleisch soll er glühen; wehe dem, der seine Kehle bei soviel Geschrei verbrennt: an seinem Stöhnen wird man ihn von weitem erkennen; wehe dem, der dem Gang der Veränderungen vorgreift: voll Blut werden seine Hände sein; wehe dem, der, ein Lüstling, alles eindringlich ersehen und erfühlen will: voll Gips oder Knochenstaub werden seine Hände sein, voll kaltem, womöglich grabähnlichem Weiß, jedenfalls die Verneinung von soviel Eindringlichkeit und soviel Farbigkeit: am Ende wird er gar nichts sehen, eben weil er soviel sehen will; am Ende wird er gar nichts fühlen, eben weil er soviel fühlen will; am Ende wird er nur noch büßen, eben weil er soviel leben will; vorsehen mögen sich die leidenschaftlich Verliebten und entfernen von ihren Augen den feuerroten Staub, der ihnen den Blick trübt, sie mögen aus den Gehörgängen die Käfer reißen, die verworrene Wirbelwinde entfachen, und mögen aus dem Drüsensaft den verruchten Giftschleim aussondern; einen Zaun errichten oder schlicht den Leib bewachen, dies sind die Kunstgriffe, die wir anwenden müssen, um zu verhindern, daß die Finsternisse der einen Seite das Licht der anderen Seite befallen und besudeln, welche Kraft schließlich hat die Windhose, die den Boden fegt und irrsinnig kreiselt und das Haus umlungert wie ein Gespenst, wenn wir unsere Augen ihrem Staub nicht aussetzen? durch innere Sammlung entgehen wir der Gefahr der Leidenschaften, doch niemand von Verstand soll meinen, wir müßten stets mit verschränkten Armen dastehen, denn just auf brachliegender Erde gedeiht das Unkraut: niemand in unserem Haus soll die Arme verschränken, wenn die Erde zu beackern ist, niemand in unserem Haus soll die Arme verschränken, wenn die Wand zu errichten ist, niemand endlich in unserm Haus soll die Arme verschränken, wenn der Bruder der Hilfe bedarf; ist sie auch bockig wie ein Kind, darf man sich dennoch nicht dem Verkehr mit der Zeit entziehen, wir brauchen nur bescheiden und fügsam zu sein vor ihrem Willen und aufs Handeln zu verzichten, wenn sie von uns Beschaulichkeit verlangt, und zu handeln nur dann, wenn sie von uns Taten verlangt, denn die Zeit weiß gut zu sein, die Zeit ist weitherzig, die Zeit ist groß, die Zeit ist hochgesinnt, die Zeit ist freigebig, ist immer überströmend in ihren Geschenken: sie lindert unsere Kümmernisse, löst die Spannung der Sorgenbeladenen, bricht den Schmerz der Gemarterten, bringt denen das Licht, die im Finstern leben, bringt Munterkeit den Gleichgültigen, Trost den Klagenden, Freude den Traurigen, Beistand den Hilflosen, Entspannung den Schmerzverkrümmten, Gelassenheit den Rastlosen, Ruhe den Unruhigen, Frieden den Unsteten, Feuchte den verdorrten Seelen; sie stillt den maßvollen Appetit, löscht den Durst der Dürstenden, den Hunger der Hungrigen, gibt Lebenssaft all jenen, die ihn benötigen, ist überdies imstande, alle mit ihren Spielwerken zu zerstreuen; in allem versorgt sie uns, doch die Schmerzen unseres Willens finden dann nur heilige Erleichterung, wenn wir dieses unerbittliche Gesetz befolgen: absoluter Gehorsam gegen die unanfechtbare Hoheit der Zeit, bei deren beispiellosem Kult sich niemals die Hand erhebt; durch Geduld werden wir uns läutern, in ruhigen Gewässern müssen wir baden, unsere Leiber mit befriedeten Augenblicken durchtränken, voll Andacht die Trunkenheit des Wartens genießen beim unentwegten Verzehr dieser universalen, unerschöpflichen Frucht, den in jeder Beere enthaltenen Saft bis zur Erschöpfung schlürfen, denn nur bei dieser Übung reifen wir, errichten diszipliniert unsere eigene Unsterblichkeit und schmieden, wenn wir weise sind, ein Paradies aus lieblichen Phantasiegebilden, wo sonst ein mühseliges Reich der Erwartungen und ihrer Schmerzen wäre; in der Süße des Alters liegt die Weisheit, und an diesem Tisch, auf dem leeren Stuhl am andern Ende, dort sitzt das Vorbild: im Gedenken an den Großvater schlummern unsere Wurzeln, im Greis, der sich von Wasser und Salz ernährte, um uns mit dem reinen Wort zu beschenken, im Greis, dessen mineralische Gedankenreinlichkeit niemals durch Zuckungen der Natur getrübt worden ist; niemand unter uns soll die schönen Züge seines Greisenantlitzes aus dem Gedächtnis löschen; niemand unter uns die fleischlose Besonnenheit aus dem Gedächtnis löschen, mit der er auf seinen Wanderungen durchs Haus immer wieder die Zeit überdachte; niemand unter uns soll seine feinen Schaflederstiefel aus dem Gedächtnis löschen, das Knarren der Dielen in den Fluren, erst recht nicht die gemessenen, langsamen Schritte, die dann erst innehielten, wenn der Großvater, zwei Finger in der Westentasche, sachte die Uhr bis zur Innenhand hervorzog und, wie jemand, der ein Gebet emporschickt, den ruhigen Blick aufs Zifferblatt warf; von unseren Ahnen voll Eifer gepflegt, soll Geduld das erste Gesetz dieses Hauses sein, der gestrenge Balken, Stütze für unsere Nöte und Stütze für unsere Wartestunden, deswegen sage ich, kein Raum ist fürs Fluchen in unserem Hause, weder über den säumigen Glückstag noch über den jäh hereinbrechenden Verhängnistag, weder über die Regenfälle, die sich verzögern, doch immer eintreffen, noch über die wütenden Dürren, die unsere Ernten versengen; kein Fluchen wird sein bei anderen Rückschlägen: wenn der Wurf nicht gedeiht, wenn das Vieh dahinsiecht, wenn die Eier faulen, wenn das Obst verdorrt, wenn die Erde erschlafft, wenn das Saatkorn nicht keimt, wenn die Ähren nicht schwellen, wenn die Traube abfällt, wenn der Mais nicht körnt, wenn die Körner wurmstichig werden, wenn die Landarbeit durch Plagen zunichte wird, wenn die Pflanzungen verkümmern, wenn gefräßige Heuschreckenschwärme über die Felder herfallen, wenn das verheerende Gewitter über der Arbeit der Familie wütet; oder wenn eines Tages tatsächlich ein Pesthauch unsere so wohlversperrten Grenzen durchdringt, bis nahe ans Wohnhaus gelangt, verstohlen sich durch die Ritzen unserer Türen und Fenster schleicht und ein argloses Glied der Familie befällt, dann soll niemandes Hand in unserem

Haus sich zur Faust gegen den heimgesuchten Bruder schließen: die Augen eines jeden von uns, süßer als sie jemals waren, werden dasein für den rasenden Bruder, und eines jeden gütige Hand wird dasein für diesen ihrer bedürfenden Bruder, und eines jeden Geruchsinn wird dasein, dieses Bruders verderblichen Geruch zu atmen, und eines jeden Herzenssanftmut, um seine Wunde zu salben, und die Lippen, um liebevoll sein verstörtes Haar zu küssen, denn die Liebe ist in der Familie die höchste Form der Geduld; Vater und Mutter, Eltern und Kinder, Bruder und Schwester: in der Eintracht der Familie liegt die Vollendung unserer Grundsätze; und bei Gelegenheit, zwischen dringlicheren Beschäftigungen, soll ein jeder auf einer Bank niedersitzen, einen der Füße fest auf den Boden stemmen, das Rückgrat beugen, den Ellenbogen aufs Knie stützen und dann, in Höhe des Kinns, den Kopf auf dem Handrücken ruhen lassen und milden Auges der Bewegung der Sonne und des Regens und der Winde folgen und ebenso milden Auges der geheimnisvollen Handhabung anderer Werkzeuge folgen, welche die Zeit geschickt bei ihren Verwandlungen nutzt, und niemals soll er ihre unerforschlichen, verschlungenen Absichten zu ergründen trachten, ebensowenig, wie man beim Ritt über weite, flache Flächen nach den Gründen für die gewundenen Wege unter den Hufen fragt, welche die Herden auf den Weiden gezogen haben: denn das Vieh geht immer zum Trog, das Vieh geht immer zum Brunnen; dieserart sollen, in ihrem Grunde, die Familienbräuche sein: wohlgegründete Pfeiler, wohlgefügte Mauern, ein wohlgestütztes Dach; die Geduld ist die Tugend der Tugenden, unweise ist, wer verzweifelt – unvernünftig, wer sich nicht unterwirft.« Und der Vater am Kopfende des Tisches machte die übliche Pause, kurz, dicht, damit wir schweigend die ländliche Majestät seiner Haltung ermäßen: die holzstraffe Brust unter grobem, sauberem Kattun, den stämmigen Hals, der ein würdevolles Haupt trug, und die breitrückigen Hände, die fest die Tischkante umklammerten, als umklammerten sie ein Kanzelgeländer; und wenn der Vater die Petroleumlampe heranzog, die einen noch wärmeren Kupferbelag über seine Stirn breitete, und mit klobigen Fingern das alte Schreibheft aufschlug, worin er in großer, eckiger, harter Handschrift Texte zusammengestellt hatte, und daraus vorlas, verzichtete er niemals auf seine feierliche Art: »Es war einmal ein Hungriger.«

10

(Die Gläser und die Metalle meiner Hornhaut verschmelzend und eine Handvoll Sand emporwerfend, um die Atmosphäre zu blenden, verfalle ich zuweilen in einen bereits gehabten Schlaf und erblicke durch jenen filzigen Filter einen Elementarstaub, einen Mühlstein, einen Mörser, einen bejahrten Stößel und ein paar lange Wäscheleinen und ein paar Holzschüsseln, zerklüftet und zernagt von soviel Mühe und Plackerei, einen zerbeulten Becher, einen stets im Schatten gestandenen Wasserkrug mit angeschlagenem Schnabel, und einen Kaffeeröster, zylindrisch, rauchig, geschwärzt, kläglich, schwerfällig, mit einer in der Erinnerung noch immer kreisenden Kurbel; und aus diesem Brunnen werde ich die irdenen Töpfe holen, und eine als Salzfaß dienende Kalebasse auf der Fensterbank, und einen messingnen Milcheimer stets zu Diensten auf der Schwelle, und ein Kohlebügeleisen im Wind geschwenkt, damit es seine Fieberglut zurückerlange, und eine emaillierte Kaffeekanne, und einen holzgefeuerten Herd, und einen riesigen Kochkessel, und einen eisernen, düsteren Wasserkessel, der Tag und Nacht auf der Herdplatte brütet; und aus demselben Sack könnte ich einen Bettvorleger aus Ziegenfell holen, und eine biedere Porzellanfigur als Wohnzimmerzierde, und ein heiliges Abendmahl an der Wand, und die weißen Schonbezüge für die Lehnen der Rohrstühle, und einen geschwungenen Hutständer, und einen alten Bilderrahmen, und ein gebräuntes Hochzeitsphoto mit einem Phantasiehintergrund, und noch viele andere Bruchstücke würde ich zutage fördern, winzige, machtvolle, die ich in demselben Graben verwahre als eifriger Hüter der Familiendinge.)

11

»Noch hatte ich unser Haus nicht verlassen, Pedro, doch die Augen unserer Mutter argwöhnten schon meinen Auszug«, sagte ich zu meinem Bruder, nachdem der erste Aufruhr vorüber war, den seine Anwesenheit in jenem Pensionszimmer ausgelöst hatte; »als ich nach ihr suchte, wollte ich schon sagen, Sie sagen mir jetzt Lebewohl, ohne mich zu kennen, und mir fiel ein, ich könnte auch sagen, nichts weiter ist geschehen, als daß ich neun Monate lang im Strohnest deiner Gebärmutter geborgen war und viele Jahre die süße Berührung deiner Hände und deines Mundes genossen habe; ich wollte sagen, deshalb verlasse ich das Haus, deshalb ziehe ich fort, was hätte ich der Mutter nicht noch alles sagen können, Pedro, doch meine Augen, in jenem Augenblick, konnten die verständigen Winke alter Handwerker nicht übersehen, die mich auf Steine wiesen, mich auf sonderbare, ausgeglühte Landschaften wiesen, mir Schwielen modellierten, Sohlen an meinen Tonfüßen modellierten; gewiß hätte ich der Mutter allerhand sagen können, doch ich fand es überflüssig, irgend etwas zu sagen, es ergibt keinen Sinn, dachte ich, in jenen armen, mehlbestäubten Fingern den Stengel einer erbitterten Nelke zurückzulassen; es ergibt keinen Sinn, dachte ich zweimal, ihre Schürze zu beflecken, die Schnur durch Vierteilen einer blutigen Mittagssonne durchzuschneiden, es ergibt keinen Sinn, dachte ich dreimal, Bettlaken und Blütenblätter zu zerreißen, Haare und andere Blätter zu verbrennen, meinen heftig gebauten Mund mit den durchstocherten Aschen der Familie zu füllen, statt also zu sagen, ›Sie kennen mich nicht‹, fand ich es besser, ohne vom Kalksteinpfad abzuweichen, selbst wasserlos, mit trokkenem, salzigem Mund, fand ich es besser, mich vor ihr verschlossen zu halten, wie jemand, der nichts hätte, und wahrhaftig hatte ich ihr nichts zu sagen; und sie wollte ständig etwas sagen, und da dachte ich, Mutter hat etwas zu sagen, was ich vielleicht anhören werde, hat etwas zu sagen, was womöglich mit Sorgfalt bewahrt werden sollte, doch alles, was ich hören konnte, ohne daß sie etwas sagte, waren die Sprünge im uralten Porzellan ihres Bauches, ich hörte aus ihren Augen den zerrissenen Schrei einer Kreißenden, fühlte ihre Frucht in meinem heißen Atem trocknen, doch nichts konnte ich tun, ich hätte womöglich etwas sagen können, meine Augen waren dunkel, immerhin war es nicht unmöglich, ihr beispielsweise zu sagen, ich und Sie, wir machen uns daran, das Haus abzureißen, jetzt wäre der Augenblick gekommen, samt allen Tellern und Fliegen unsern alten Speiseschrank aus dem Fenster zu werfen, das Holz abzuraspeln, an den Grundmauern zu rütteln, die überreizten Wände erzittern zu lassen, mit unserm Wind die Dachziegel und unsere gesträubten Federn wie Blätter hinunterfallen zu lassen; nicht unmöglich war es, ihr zu sagen, schleifen wir,

Mutter, mit unsern überzarten Händen die Blutflecken von unseren Steinen, schreien wir Passion in diese Religion, nicht reicht die gebrochene Klage der Karfreitagsklapper dort bei der Kapelle; nicht unmöglich war es, doch ich habe dir schon gesagt, Pedro, meine Augen waren dunkler, als sie jemals zuvor gewesen waren, wie konnte ich Hammer und Säge ergreifen und das Schweigen des Hauses und seiner Flure wiederherstellen? versteh doch, Pedro, mit meinen immerzu nächtigen Augen träumte ich, ich der eigenbrötlerische Sohn, der in der ganzen Familie Verdächtigungen und Befürchtungen weckte, nicht von Landstraßen träumte ich, niemals wäre mir eingefallen, das Haus zu verlassen, niemals vorher hatte ich in die Weite zu wandern gedacht auf der Suche nach Festen für meine Sinne; versteh doch, Pedro, seit zartester Pubertät schon wußte ich, wieviel Enttäuschung mich außerhalb der Grenzen unseres Hauses erwartete«, sagte ich fast ertrunken in dieser Gewißheit und suchte mit einem guten Zug aus dem Geist des Weines mich zu erholen, und unter süchtigen Schlücken ging ich mit taumelndem Schritt auf ein hohes, umsichtiges Möbel zu, nahm die Schachtel heraus und brachte sie sogleich vor die Füße meines Bruders, der sich zusehends im Treibhaus meines Zimmers verlor und schon die braune Blende seines andächtigen Blickes fallen ließ, und als ich beim Öffnen der Schachtel überrascht an ihm die sich andeutende Geste bemerkte, trieb es mich fiebrig zu sagen, »Pedro, Pedro, was ich jetzt brauche, ist dein Schweigen, öffne das Visier, laß die Augen schweifen, lokkere ihnen die Zügel, doch halte Macht und Sittsamkeit der Familie im Zaum und das harsche Ungestüm deiner Zunge, denn nur in deinem feuchten Schweigen, nur in diesem scheuen Zusammenspiel baue ich wieder auf, daher netze die Lippen, befeuchte den Mund, befeuchte deine angefaulten Zähne, auch die zum Magen absteigende Röhre, fülle dir diesen umgürteten Lederbeutel, laß dir den Wein aus den Poren treten, nur so treibt man den Kult der Unzucht«, das wollte ich mit der Wollust eines Sammlers von Frauenstrumpfbändern sagen, doch letztendlich sagte ich nichts, noch sagte er irgend etwas, sammelte vielmehr rasch den vagen Wink seiner Geste wieder ein, und als ich meinen Bruder das volle Glas fast in einem einzigen Zuge leeren sah, da kam es mich an, gerührt zu sagen, »ach mein Bruder, wir beginnen uns zu verstehen, denn schon sehe ich deinen Mund entkrampft, und in deinen Augen die süße Wirkung des Weines, wie er die blaue Milch zum Fließen bringt, die dir jetzt aus den Pupillen spritzt, dieselbe vergiftete Milch, die eines Tages die Schwellung krebsbefallener Euter berieselte«, doch es hatte keinen Sinn mehr, ihn zu ermuntern, in jenem meinem verluderten Zimmer waren wir beide schon fast vollgelaufen, die Trauben bis zum Kragen, und unsere nassen Augen, unsere Glasperlen, hartnäckig auf die Schachtel geheftet, die ich dabei war umzustülpen, mit ihr die Zeit umstülpend, mich zurückversetzend in die heimlichen Nächte, wenn mein Grimm sich entbrannt von der Fazenda stahl, wenn ich das weiche Bett dort zu Hause vertauschte mit dem harten Boden der Landstraße, die mich zum Dorf führte, ohne Furcht vor den Nachtmahren, die im Volksglauben jene kurze Wegstrecke bevölkerten, mit meinem Feuer das stumme Kreuz am Wegesrand ebenso schreckend wie die halbverborgenen Gespenstergeschichten hinter dem eisernen Friedhofstor, wo ich vorüberkam, geleitet und immer gestärkt von meinen unheiligen Betrachtungen eines Heranwachsenden; »nimm, Pedro, nimm und wäge diesen winzigen Gegenstand in deiner Hand«, sagte ich und hielt ein schmales Band aus violettem Samt empor, ein lichtscheues Frauenhalsband; »dieser Fetzen ist nichts weiter als die Entfaltung, ist die subtile Verlängerung der purpurnen Fingernägel der ersten Hure, die sich von mir vögeln ließ, derselben Nägel, die mir den Rücken ritzten und meine weiche Haut aufreizten und noch süßere Pfoten waren, wenn sie über meine verschämtesten Teile fuhren, es tut einem irrsinnig leid, diesen schüchternen Jungen zu sehen, mit soviel Reinheit im Gesicht und soviel Sauberkeit am Leib, sagte sie zu mir, es tut einem irrsinnig leid, mit anzusehen, wie so ein flaumbedeckter Junge wie du, mit einer glatten, noch unfertigen Brust wie ein dürres Reis im Bett verbrennt; nimm, worum du mich gebeten hast, behalte dieses kleine Sudelband für dich und kehre nun zu deiner Nische zurück, mein Heiligenfigürchen, sagte sie voll Zärtlichkeit, voll Hurengetue, voll Gelächter, doch dort, Pedro, dort, wenn ich in siedenden Nächten mich von der Fazenda fortgestohlen und in einem frechen Glauben gebadet hatte, dort, noch fast benommen, kommunizierte ich, die Gesellschaft älterer Herrschaften ebenso meidend wie den Mutwillen vieler Junger, verlegen inmitten der schleimigen Gemütlichkeit jener Häuser, wo ich schamhaft meine weißen Füße versteckte, meine sauberen Fingernägel, meine kreidehellen Zähne, meine reinliche Kleidung, mein bartloses Kindergesicht; oh, mein Bruder, habe ich mich nicht auf diesem Boden aus entbrannten Mandarinen gebettet, in diesem Königreich der Fruchtfliegen, habe ich mich nicht knabengleich der Orgie mörderischer Maulbeeren hingegeben? war es etwa kein heikler Friede, dieser Friede, der mich überkam, wenn mein Leib ausgestreckt auf einer Unkrautmatratze lag? war es etwa kein vorläufiger Schlaf, dieser andere Schlaf, wenn meine Fingernägel schmutzig waren, meine Füße taub, Läuse auf Pfadsuche in meinem Haar, meine Achseln voll Ameisenbesuch? war es etwa kein vorläufiger Schlaf, dieser zweite Schlaf, wenn mein Kopf mit Schmetterlingen gekrönt war, feiste Maden meinem Nabel entkrochen, meine kalte Stirn von Insekten wimmelte, mein träger Mund Mistkäfer küßte? wieviel Schlaftrunkenkeit, wieviel Erstarrung, wieviel Alptraum in dieser Heranwachsendenzeit! schließlich, was ist es für ein Stein, der zusehends auf meinem Leib lastet? liegt eine geheimnisvolle Kälte in diesem Feuer, wohin ich jetzt eines Tages geführt werde? was für eine weiße Schreibtafel, was für blutloser Staub, was für ein stummes Feld, was für eine milchkelchige Kalla, was für hochragende Zypressen, was für langanhaltende Klagen, was für vielerlei Elegien voll Wehmut über meinen heranwachsenden Leib! oftmals, Pedro, oftmals, sagte ich, herrscht eine Grabesstille in allem, was fließt, wirkt eine virtuose Alchimie in dieser außergewöhnlichen Mischung, wie ist soviel Ruhe in dieser Bewegung möglich? oftmals dachte ich, ich dürfe nicht denken, an dieser Geschichte vom Denken allein hätte ich schon mein Vergnügen, wenn ich in der heiligen Hexerei des Unendlichen zappelte, daher dachte ich oftmals, mein Weg sei nicht der des Denkens und nicht dies solle meine Gewohnheit in der Strömung sein, ich solle vielmehr, solle allenfalls den Nacken auf ein Schaumkissen legen, den Rücken auf eine Laubmatte betten, die Augen schließen und, im Strome treibend, meine rührigen Hände sich müßig von Algenkolonien streifen lassen, von den Abfällen auf der Oberfläche und dem dichten Schlamm, doch erlaubte ich mir ein übers andere Mal aus diesem meinem Schlaf voll Übermut herauszutreten und mich zu fragen, wohin werde ich jetzt eines Tages getragen? Pedro, mein Bruder, mäste deine Augen an dieser verstohlenen Erinnerung, an diesen violetten Geheimnissen, an der hochspielerischen Sammlung dieses dunklen Brunnens: am welken Stoff dieser Blumen, an dieser zerknitterten Orchidee, diesem rosafarbenen Strumpfbandpaar, diesem Armreif, diesem Gehänge, all diesem Tand und Trödel, stets mit Münzen bezahlt, die ich dem Vater gestohlen; dring ein wenig in diese Dinge ein, die mich eine Zeitlang eingeschläfert und abgelenkt haben und die ich die ganze Zeit nur gehütet habe, um sie eines Tages auszustreuen, und die ich in dieser Schachtel nur begraben wollte, um sie eines Tages auszugraben und auf der Erde auszustreuen und mit diesen meinen jetzigen Augen zu denken, es war eine lange, eine lange, eine lange Zeit des Heranwachsens! Pedro, Pedro, es war der Fleck in meinen Augen, der mich zu solch anrüchigen Häusern trieb, dort mich räkelnd, sonderte ich mein Natterngift aus, diesen so abgründigen Vogelleim, diesen Dotter mit dem vom vielen Schlürfen ungesäuerten Hauch, doch niemals gewahrte ich durch Türen und Fenster, beim eifrigen Spähen durch Schnurvorhänge und durch roten Lampenschein das Salz, die Hostie, die Liebe unserer Kathedrale! nimm ihn mit, Pedro«, sagte ich aufschreiend, »nimm diesen ganzen Klimperkram mit nach Hause und erzähle unter entsetzten Blicken, wie die Geschichte vom Sohn und die Geschichte vom Bruder sich allmählich aufgebaut haben; bestelle dann eine recht warme Nacht oder auch nur einen recht vollen Mond; versprühe Duftstoffe im Hof, erfinde aphrodisische Nardenessenzen; rufe dann unsere Schwestern zusammen, laß sie sich kleiden in lockere Musselingewänder, laß sie Riemensandalen schnallen; bemale karmesin ihre sanftmütigen Wangen und grün ihre Lidschatten und mit dichtester Kohle ihre Wimpern; schmücke die Morgenhelle ihrer Arme und ihre entblößten Hälse und ihre so frommen Finger, stecke ein paar von diesen Klunkern an ihre Elfenbeinteile; laß außerdem hochfeine Ringe ihre Ohrläppchen zwicken und wohlersonnene Halter ihre Brustspitzen reizen; und vergiß die Gestik nicht, denk dir wollüstige Haltungen aus, die sperrangelweit den Busenspalt öffnen, Schenkelpartien ausstellen, einen Unheilfetisch an den Fußknöcheln wirken lassen; revolutioniere die Mechanik des Organismus, provoziere auf jenen nunmehr roten, ausschweifenden Lippen das zähe Triefen pestilenzerregender Körpersäfte; nimm diese Geschenke mit, und dort angekommen, verkünde in feierlichem Ton, ›dies schickt der geliebte Bruder seinen Schwestern‹, und sage auch, das ist wichtig: ›Vorsicht, große Vorsicht beim Hervorholen der Geschenke aus diesem Sack, als Dank für die Predigten des Vaters schickt der verirrte Sohn als Beigabe ein schweres Hohnlachen mit‹; los, Pedro, steck alles in den Sack«, brüllte ich in froher Raserei, als ich den plötzlichen Wandel sah, den ich soeben in meinem Bruder auslöste, feuerrotes Ungestüm blitzte in seinen Augen, seine Hand kritzelte Buchstaben, erschreckende, in die Luft, dieselbe Hand, die gerade noch selbstsicher die Nachfolge der Vaterhand probte, doch alles erlosch mit einem Schlage, unversehens spürte ich seine Augen zerrissen, mein Bruder beweinte meinen Wahnsinn, taktvoll, ohne im geringsten zu ahnen, daß so betrachtet ich eben eine weitere Gnade empfangen hatte: ich war im Irrsinn befreit, ich, erst auf halbem Weg zu dieser lichten Dunkelheit; da wollte ich zu ihm sagen, »mildere in dieser Hand die mächtige Stimme, die verhaltene Zärtlichkeit, das treffende Wort, fahre mit ihr durch mein Haar, streichle es, schütze meinen Nacken, unter solchen Umständen täte ebendies die Hand des Vaters, die gestrenge«; auch kam mir in den Sinn, ich könnte, beim Nachfüllen unserer Gläser, in gehöriger Form ihn mahnen und beispielsweise ihm sagen, »weite die Pupillen, sperr die Augen auf, drück deine Hand in die meine, Bruder, und laß uns gehen«.

12

(… und beim Betrachten der Gerätschaften und auch der Kleidung der Familie höre ich ein Gewirr verlorener Stimmen in jenem Graben, ohne indes mich über das klare Wasser zu wundern, das noch immer dort aus der Tiefe sprudelt; und ich weiche zurück in unsere Strapazen und weiche zurück in solch erschöpften Kampf, und aus diesem Bündel von Alltäglichkeiten ziehe ich, eins nach dem andern, die erhabenen Gebeine unseres Verhaltenskodex hervor: Verbot der Maßlosigkeit, Gebot des Eifers, auch die Verdammung eines Lasters, das ständige Mahnen gegen die Verschwendung, stets als schwere Beleidigung der Arbeit gebrandmarkt; und ich finde die lauwarme Botschaft von Mienenspiel und Augenbrauen wieder und unsere verborgensten Schamgründe, die uns beim Erröten verraten, und die ätzende Angst vor einem berechtigten Rüffel, und eine mitunter entfleischte Zucht, und auch eine Schule für Kinder-Handwerker, die uns verbot, außer Haus zu erwerben, was durch eigener Hände Arbeit erzeugt werden könne, und ein noch strengeres Gesetz, wonach ebendort auf der Fazenda unser Brot zu kneten sei: niemals kam bei uns anderes als selbstgebackenes Brot auf den Tisch, und in der Stunde des Brotteilens vollzogen wir, dreimal am Tag, unser Ritual der Genügsamkeit, und bei Tisch absolvierten wir auch, mehr denn sonstwo, mit niedergeschlagenen Augen unsere Lehre der Gerechtigkeit.)

13

Es war einmal ein Hungriger. Eines Tages, als er an einer Wohnstätte von einzigartiger Pracht vorüberkam, wandte er sich an die Menschen, die auf den Stufen der Freitreppe beisammenstanden, und fragte sie, wem dieser Palast gehöre. »Einem König der Völker, dem mächtigsten des Universums«, antworteten sie. Da ging der Hungrige zu den Torhütern am Portikus und bat sie um ein Almosen in Gottes Namen. »Woher kommst du?« fragten die Hüter, »weißt du denn nicht, daß du nur unsern Herrn und Gebieter aufzusuchen brauchst, um alles zu erlangen, was du begehrst?« Von dieser Antwort ermuntert, durchschritt der Hungrige, obgleich ein wenig scheu, den Portikus, querte den weiträumigen Hof, der hinter dem Eingang lag, wie auch den Garten im Schatten mächtiger Bäume und gelangte sogleich ins Innere des Palastes, ging von Gemach zu Gemach, alle geräumig und mit sehr hohen Wänden, doch jeglicher Einrichtung bar; ohne sich im Labyrinth jener merkwürdigen Wohnstätte zu verirren, kam er schließlich zu einem großen Saal, ausgekleidet mit Fliesen, deren Bemalung voll Blumen und Blattwerk auf gefällige Weise mit dem gewaltigen Alabasterpokal in der Raummitte zusammenstimmte, woraus leise plätschernd frisches Wasser sprudelte; ein arabeskenbestickter, samtener Teppich bedeckte einen Teil des Saales, dort saß auf Kissen zurückgelehnt ein Greis mit einem weichen, weißen Bart, das Antlitz von einem gütigen Lächeln erleuchtet. Der Hungrige näherte sich dem schönbärtigen Greis und grüßte ihn: »Friede sei mit dir!« »Und mit dir der Friede und die Barmherzigkeit und der Segen Gottes!« erwiderte der Greis mit einem leichten Nicken. »Was ist dein Begehr, armer Mensch?« »O mein Herr und Gebieter, ich bitte dich um ein Almosen in Gottes Namen, denn ich bin so bedürftig, daß ich vor Hunger schier vergehe.« »Bei Gott!« rief der Greis, »ist es möglich, daß ich in einer Stadt lebe, wo ein menschliches Wesen Hunger leidet, wie du sagst? Das ist unerträglich!« »Gott möge dich segnen, und gesegnet sei deine heilige Mutter«, sprach der Hungrige aus Dank für die Anteilnahme des Greises. »Bleibe hier, armer Mann, ich will das Brot mit dir teilen, auch nimm von dem Salz auf meinem Tische.« Und dann klatschte der Greis in die Hände, und den jungen Diener, der sogleich erschien, hieß er Kanne und Waschschüssel bringen. Und darauf sprach er zum Hungrigen: »Lieber Gastfreund, tritt näher und wasche dir die Hände.« Und der Greis höchstselbst erhob sich, beugte sich vornüber und machte in aller Vornehmheit die Gebärde des Händereibens unter dem Wasser, das vorgeblich aus einer unsichtbaren Kanne gegossen wurde. Der Hungrige wußte nicht, was er von dieser Vorgaukelei halten sollte, die seine Augen erblickten, und da der Greis insistierte, trat er zwei Schritt nach vorn und tat ebenfalls, als wüsche er sich die Hände. »Holt das Tischtuch. Schnell!« gebot der Greis den Dienern, »und säumt nicht, uns Speisen zu bringen, denn dieser arme Mann bricht schier zusammen vor Hunger.« Diener kamen und gingen, taten, als deckten sie den Tisch und als trügen sie viele Gerichte auf. Der Hungrige krümmte sich vor Schmerz und bedachte bei sich selbst, die Armen müßten viel Geduld mit den Launen der Mächtigen haben, weswegen er sich jedes Anzeichens von Unwillen enthielt. »Nimm neben mir Platz«, sagte der Greis, »und wolle meinen Tisch beehren.« »Ich höre und gehorche«, sagte der Hungrige und setzte sich auf den Teppich neben den Greis, vor sich den imaginären Tisch. »Verehrter Gast, mein Haus ist dein Haus, und mein Tisch ist dein Tisch. Mache keine Umstände, iß, solange es dir mundet.« Und da der Greis ihn aufforderte, es ihm gleichzutun, zögerte der Hungrige nicht lange, gab ebenfalls vor, nach den eingebildeten Gerichten zu langen, saftige Fleischstücke aufzuspießen und unter Kinnbewegungen die nicht vorhandene Speise zu kauen und zu schlucken. »Wie findest du dies Brot?« fragte der Greis. »Dies Brot ist ganz weiß und sehr gut, nie in meinem Leben habe ich schmackhafteres gegessen«, antwortete der Hungrige auf der Stelle, ohne seine Gefälligkeit zu überfordern. »Welches Vergnügen du mir bereitest, o mein werter Gast! Zwar meine ich dieses Lob nicht zu verdienen, jedoch wie findest du die Gerichte zu deiner Linken, diesen mit Reis und Mandeln gefüllten Braten, diesen Fisch in Sesamsoße oder diese Hammelrippchen! Und wie findest du den Duft?« »Der Duft ist berauschend, wie auch der Anblick und der Geschmack nur göttlich zu nennen sind.« »Ich kann nicht umhin anzuerkennen, daß mein werter Herr Gast von äußerster Nachsicht für meinen Tisch beseelt ist, daher wirst du nun, von meiner Hand selbst serviert, einen unvergleichlichen Bissen kosten«, sagte der Greis und stellte sich, als nähme er mit den Fingerspitzen einen Fleischbrocken von der Platte, und führte ihn an die Lippen des Hungrigen, indem er sprach: »Den mußt du sorgfältig kauen!« Der Hungrige schürzte die Lippen, um das Einführen des Bissens zu ermöglichen, und kaute ihn ausgiebig, schloß sogar die Augen vor Entzücken, um seiner Darbietung höheren Wahrheitsgehalt zu geben: »Köstlich!« rief er gekonnt. »O mein lieber Gast, aus deiner Redeweise geht deutlich hervor, daß du ein Mensch von Geschmack bist, gewohnt, an den Tischen von Fürsten und Herren zu speisen; iß mehr, und laß es dir wohl bekommen.« »Ich bin gesättigt, ich habe von allen Gerichten gekostet, ich kann nicht mehr«, sprach der Hungrige dankbar lächelnd, kaum daß er die Schmerzen seines furchtbaren Hungers bändigen konnte. Da klatschte der Greis in die Hände und trug den herbeieilenden Dienern auf: »Ihr könnt den Nachtisch bringen.« Die jungen Diener brachen in Betriebsamkeit aus, vollführten mit den Armen nach einem gewissen Rhythmus diverse rasche und präzise Gebärden, die das Abnehmen einer Tischdecke und das Auflegen einer neuen bedeuteten, obschon sich gar nichts geändert hatte. Schließlich hob der Greis die Hand, und sie zogen sich zurück. »Versüßen wir uns selbst«, sprach der Greis mit einer gewissen Affektiertheit, »wenden wir uns den Süßspeisen zu: diese mit Nüssen und Granatäpfeln gefüllte Torte, die etwas Episches hat, scheint bestens geeignet, uns in Versuchung zu führen. Koste ein wenig davon, lieber Gastfreund, dir zu Ehren soll sie angeschnitten werden. Hier hast du moschusgewürzten Karamelsirup, vielleicht willst du die Torte sogar bestäuben ... Iß, iß, tu dir keinen Zwang an.« Und der Greis ging mit gutem Beispiel voran, vertilgte einen Löffelvoll nach dem andern, mit Appetit und Kennerschaft, in einer so vollkommenen Vorgaukelei, als genösse er eine wirkliche Torte. Und der Hungrige eiferte ihm kunstvoll nach, obgleich der Hunger ihm mehr denn je den Magen zusammenschnürte. »Gelees? Früchte? Hier hast du gedörrte Datteln, Datteln in Likör, Rosinen ... Was magst du am liebsten? Ich für mein Teil ziehe gedörrte Früchte denen vor, die vom Zuckerbäcker kommen, sie haben ihren natürlichen Geschmack nicht verloren. Du mußt auch diese frisch geernteten Feigen probieren. Nicht? Und die Pfirsiche? Vielleicht magst du lieber Pflaumen ... Hier, iß nur, iß, Gott ist milde zu den Menschen!« Der Hungrige, dem vom vielen vergeblichen Kauen Mund und Zunge und Kiefer müde geworden waren, während sein Magen immer lauter knurrte, antwortete auf das fortgesetzte Drängen des Greises: »Ich bin gesättigt, Herr, ich mag nichts mehr!« »Das ist merkwürdig! Nach dem Hunger zu urteilen, der dich hergeführt hat, Gastfreund, ist es verwunderlich, daß du so schnell satt geworden bist; jedenfalls war es mir eine Ehre, meinen Tisch mit dir zu teilen. Noch aber haben wir nicht getrunken …«, sagte der Greis mit einem Anflug von Spott, der ihm über die Lippen huschte, und dann klatschte er in die Hände, und auf dieses Zeichen eilten Jünglinge mit anmutigen Armen in ihren hellen Tuniken herbei und taten, als nähmen sie die Tischdecke fort, und legten eine neue auf und stellten darauf Gläser und Pokale jeglicher Art. Und der Gastgeber, unter Fortführung des Gaukelspiels, füllte zwei Pokale, bot einen dem Hungrigen dar, der ihn mit freundlicher Verbeugung nahm und sogleich an die Lippen setzte: »Welch herrlicher Wein!« rief er aus, indem er von neuem die Augen schloß und mit der Zunge schnalzte. Und wieder wurde Wein in die Pokale geschenkt, und andere vermeintliche Weine wurden gebracht, von vielerlei Gewächs und Geschmack. Beide tranken sie um die Wette und überließen sich dem schwankenden Spiel der Betrunkenen, Kopf und Oberkörper langsam hin und her wiegend, neben vielen anderen Possen, bis sie von allen Flaschen gekostet hatten. Und nachdem er soviel Wein eingeschenkt hatte, unterbrach der Greis unversehens das Scheingelage, kehrte zu seiner früheren Schlichtheit zurück und sprach, plötzliche Ernsthaftigkeit im Gesicht, in aller Nüchternheit zum Hungrigen, mit dem er die eingebildete Tafel geteilt hatte: »Endlich, nach vielem Suchen in aller Welt habe ich einen Menschen von Geistesstärke und Charakterfestigkeit gefunden, der vor allem gezeigt hat, daß er die höchste der Tugenden besitzt, zu der Menschen fähig sind: Geduld. Dank deiner seltenen Vorzüge wirst du von nun an in diesem so weiträumigen und so wenig bewohnten Hause leben, und mitnichten soll es dir bei Tisch an Nahrung mangeln.« Und in demselben Augenblick wurde Brot gebracht, deftiges, wahrhaftes Brot, und der Hungrige, dank seiner Geduld, hat nie wieder erfahren, was Hunger ist.

(Wie konnte der Mann, der Brot auf dem Tisch hat, Salz

zum Salzen, Fleisch und Wein, die Geschichte von einem Hungrigen erzählen? wie hat der Vater, Pedro, so vieles auslassen können so viele Male, da er diese orientalische Geschichte erzählte? verworren endete jedesmal die Begegnung zwischen dem Greis und dem Hungrigen, mit ebendieser heilsamen Verwirrung aber hätte der Vater die Geschichte erzählen sollen, die er am häufigsten in seine Predigten einflocht; der mächtigste Herrscher des Universums bekannte tatsächlich, er habe soeben nach langem, mühevollem Suchen den Mann gefunden, der Geistesstärke, Charakterfestigkeit und vor allem die seltenste Tugend besaß, zu der Menschen fähig sind: Geduld; noch ehe aber dieses Lob ausgesprochen war, versetzte der Hungrige – mit der verblüffenden, ungeheuren Kraft seines Hungers – dem schön- und weißbärtigen Greis einen heftigen Faustschlag und rechtfertigte sich angesichts dessen Empörung folgendermaßen: »Mein Herr und Lorbeer meiner Stirn, wohl weißt du, daß ich dein Knecht bin, dein untertäniger Knecht, der Mann, den du an deinem Tisch empfangen und den du mit einem Festmahl voller Köstlichkeiten, würdig des größten Königs, bewirtet und dessen Durst du am Ende mit vielen alten Weinen gelöscht hast. Was willst du, Herr, der Geist des Weines ist mir zu Kopfe gestiegen, und nicht verantwortlich bin ich für das, was ich tat, als ich die Hand gegen meinen Wohltäter hob.«)

14 Mit einem Satz sprang ich auf die Steinplatte, die auf mir lastete, meine Augen zunächst erschrocken, rund und starr, Augen einer Echse, die beim Verlassen des unermeßlichen Wassers mit dem Bauch über festen Fels geglitten wäre; ich schloß meine ledernen Augenlider, um mich vor dem Licht zu schützen, das mich brannte, und mein Wort war ein Weltenanfang: Moos, Pfuhl und Schlamm; und mein erster Gedanke galt dem Raum, und mein erster Speichel hüllte sich in einen Zeitplan; jeder Raum existiert für einen Spaziergang, begann ich zu sagen, zu sagen, was ich nie zuvor auch nur geahnt hatte, kein Raum existiert ohne Befruchtung, wie jemand, der den Urwald betritt und sich mitten darin niederläßt, wie jemand, der in einen Menschenkreis dringt, anstatt ihn von ferne schüchtern zu umwandern; und in der einfältigen, fiebrigen Helligkeit gewahrte ich sogleich, beim Spähen durchs saftige Laub, den geschwinden Flug eines weißen Vogels, wie er alle Augenblick einen neuen Raum in Besitz nahm; da spürte ich zum ersten Mal das Fließen des Lebens, seinen starken Fischgeruch, und eben zeichnete der fliegende Vogel in mein Denken einen weißen, kühnen Strich, von der Trägheit hin zu ewiger Bewegung; und kaum dem Wasser meines Schlafs entstiegen, doch spürend schon, wie die Läufe eines starken Tiers mir über die Brust galoppierten, sagte ich, von soviel Licht geblendet, ich bin siebzehn Jahre alt und vollkommen gesund, und auf diesen Felsen werde ich meine private Kirche gründen, die Kirche zu meinem eigenen Gebrauch, die Kirche, die ich barfüßig und bloßleibig besuchen werde, nackt wie ich zur Welt kam, und vielerlei ging in mir vor, denn mit einemmal fühlte ich mich als Prophet meiner eigenen Geschichte, nicht als der Prophet, der die Augen aufwärts richtet, vielmehr als der, der entschieden den Blick auf die Früchte der Erde senkt, und

ich dachte und sagte, auf diesem Fels widerfährt es mir plötzlich zu wollen, und ich kann! indem ich sah, wie die Sonne mit ihrem alten Blut sich füllte, ihre vollkommenen Muskeln spannte, in die Atmosphäre ihre Kupferspeere schleuderte, denen immer ein heißer, mir in den Ohren pfeifender Wind nachfolgte, wie sie meinen ruhigen Pflanzenschlaf umschlich, die Stille meines Nestes zauste, mir das Fell mit den Spitzen ihres metallischen Lichtes stichelte, mich in jähe, glühende Schlaflosigkeit schleuderte, welche Blasen an meinen Poren, welche Ströme in all meinen Haaren, da ich erschauernd ein schlankes Reh verfolgte, war jedes Wort ein dürres Blatt und ich bei solcher Hetzjagd damit beschäftigt, die Seiten vieler Bücher zu zertreten, zwischen Reisern diese saure, verderbenbringende Nahrung zu pflücken, wie viele Frauen, wie viele Männer, wie viele Ahnen, wieviel angehäufte Pest, welch dickzäher Saft war in dieser Familienfrucht! ich hatte schlicht die Faust geschmiedet, die Hand erhoben und die Stunde verfügt: die Ungeduld hat auch ihre Rechte!

15

(Zum Gedenken an den Großvater halte ich folgendes fest: auf Sonne und Regen und Wind wie auch auf andere Naturerscheinungen, die unsere Landarbeit gelingen oder scheitern ließen, hatte der Großvater stets – im Gegensatz zu den zusammengewürfelten Urteilen des Vaters mit ihren aufgepropften Reisern aus aller Herren Ländern – stets eine derb gerülpste Antwort parat, die alle Wissenschaften, alle Kirchen und alle Predigten des Vaters aufwog: »Maktub.«)*

* »Es steht geschrieben.«

16 Rote Blätter in Unruhe setzend, stiegen Hunderte Zauberer als Karawane hoch von den Ästen herab, eine Reise mit dem Wind, rasselnde Amulette in ihren Mähnen, heimlich ausgeheckte Pläne mit Gehörnesseln im Sinn, Schaustellung eines Arsenals von giftigen Dornen in offener Verschwörung mit der als bösartig geltenden Natur; sie füllten die Atmosphäre mit Harzen und Salben, trugen unsere Urgerüche, rieben unsere lüsternen Nasen mit dem Staub unserer Pollen und dem Dunst unserer verstohlenen Sekrete, höhlten unsere Leiber mit krankhaftem, verhängnisvollem Appetit; zwei riesige Hände unter meinen Schritten spürend, zog ich mich ins alte Haus der Fazenda zurück, machte daraus meine Zuflucht, das Spielversteck meiner Schlaflosigkeit und ihrer Schmerzen, sperrte dort zwischen Meßbuchseiten meine dunkelste Libido ein; die Wurzeln meiner Füße den Ursprüngen zurückerstattend, schritt ich zwischen aschgrauen Ratten, erkundete das Schweigen der Flure, vorüber an ächzendem Holz, an rissigen Wänden, schiefen Fensterläden, an der Schwärze der Küche, und meine Nasenflügel weitend, um die früheste Stimmung der Familie einzusaugen, war ich im Begriff, die ausgemergelten, von Spinnwebensparren herabhängenden Seufzer wieder zu erleben, die stille, über die Fensterbänke gelehnte Geschichte, eine stärkere Geschichte in den Balken des Hauses; das feuchte Schweigen jenes Brunnens anzuzeigen, gab es nur einen Sonnenarm, der verstohlen durch eine Dachritze fiel und ein kleines Licht, ätherisch und kalt, auf dem Fußboden anzündete; in jede Ecke meine geistliche und weltliche Pein entsendend, füllte ich allmählich die verwahrlosten Räume mit meinen Beschwörungen und erhellte mit meinem Feuer und meiner Frömmigkeit die esoterischen Schatten, die dem alten Haus den Ruf des Spukhaften eingetragen hatten; und indem

die unterirdischen Seufzer mir durch die Dielen aufstiegen, sprach ich immer inständiger, wie ein Beter, eines Tages noch stecke ich dieses Holz in Brand, diese Ziegel, diesen Mörtel, und mache sogleich aus dem größten Gemach des Hauses den Kornspeicher meiner Hoden (welch fruchtbringende Erde, welch ein Gewimmer, welch tiefunruhiger Sproß, der aus diesen Saaten treibt), all mein Blut auf diesem urtümlichen Pfad vergießend, mich als wiedergeborenen Fötus auf ein Strohlager bettend und in meiner Hand einwiegend, die vorzeitigen Blütenblätter einer weißen Rose verstreuend, rannte ich schon beim Warten, enteilte ständig in meiner Trunkenheit (welch lichter Wein auf der Rückseite dieser meiner Augenlider!), begann durch die Ritzen zu spähen wie ein Tier, mit meiner Gegenwart im alten Haus durch meine Spiegelaugen zu winken, durch denselben wieder und wieder stichelnden Stahl, mit dem wir uns früher im Wald und auf den Weiden verpönte Geheimbotschaften von ferne zublitzten: welch tiefgeahnte Passion, welche Pestilenzen, welche Schreie!

17

Die Zeit, die Zeit ist wandlungsfähig, die Zeit vollführt Streiche, die Zeit spielte mit mir, die Zeit räkelte sich herausfordernd, es war eine reine Wartezeit, ganze Tage barg ich mich im alten Haus; auch war es eine Zeit des Aufschrekkens, wenn Geräusche mich verstörten, meine Fühler verwirrten, mich deutlich imaginäre Winke vernehmen ließen, mich mit dem Ernst eines sehr harschen Urteils weckten: ich bin verrückt! und wie zersetzend ist der Speichel dieses

Wortes, das mich mit verzweifelten Phantasien leckt, mir schreckliche Masken vorm Gesicht bildet und, bisweilen versüßt, mich in liebevolle Vorspiele einer frommen Orgie schleudert: was für ein aufgezäumtes Fohlen rannte da über die Weide, die Stacheln unserer Zäune blutig reißend, und führte mich zur verwunschenen Grotte der Obsthaine! was für ein tieferbittertes Fruchtfleisch, unter Silberblättern verwahrt, meine Zähne färbend, meine Zunge entflammend, meine Jünglingshaut mit ihren Flecken übersäend! die Zeit, die Zeit, die Zeit durchforschte mich immerzu in ihrer Stille, die Zeit bestrafte mich, da hörte ich klar und deutlich die Schritte auf der kleinen Eingangstreppe: welcher Schreck, welche Bestürzung, als ich so plötzlich das Herz vor mir auftauchen sah gleich einem verwundeten Vögelchen, das in meiner Hand zappelte und schrie! ich schoß zur Tür: niemand war dort; ich durchsuchte die verwüsteten Sträucher im verwahrlosten Vorgarten, doch nichts bewegte sich dort, es war ein angehaltener Wind, voller Schweigen, nicht das schüchternste Rascheln lief durchs Dickicht, die Einbildungskraft hat ihre Grenzen, konnte ich noch denken, auch existierte eine Zeit, die nicht irrt! aufs Zimmer zurückkehrend, wo ich hauste, flog ich, kaum eingetreten, zum Fenster, spähte durch den Spalt (o Gott!): dort stand sie, nicht weit vom Haus, unter dem ziegelgedeckten Satteldach, das sich über der früheren Waschstelle erhob, halb versteckt hinter dem Laub der alten Bougainvillea, verschreckt zurückgewichen und geflüchtet nach einem verwegenen Vorstoß, den Blick noch mißtrauisch auf mein Fenster gerichtet, der Leib eines Landmädchens, die Füße bloß, die Kleidung nachlässig und voller Anmut, weiß ganz weiß das weiße Gesicht, und da entsann ich mich der Tauben, der Tauben meiner Kindheit, und sah mich jetzt hinter dem durchbrochenen Fensterladen genauso lauern, wie ich als Knabe aus einem Winkel des

Schobers nach der empfindsamen, scheuen Taube zu lauern pflegte, die voll Mißtrauen ihr Vorrücken maß, peinlich genau pickend und zurückweichend Schritt für Schritt, doch immer wieder vorstoßend auf dem schlau gelegten Maiskörnerpfad, und ich lauerte und wartete, denn es gibt die Zeit zu warten und die Zeit zu handeln (ein in der Kindheit gelerntes Wissen, das ich später vergaß), und stets verfolgte ich und las im Geiste die verrutschten, anmutigen Kreuzchen, die ihre zierlichen Füße beim vielen Vor und Zurück in den Erdboden prägten; und die Zeit zu handeln war da, und fast augenblicklich gab es ein Geflatter, während tückisch das Sieb herunterfiel, und schon waren meine Hände ein Nest, und ein Erschauern war, was ich in ihnen umschloß, während ich in heller Aufregung durch den Garten lief und schrie, ›ich hab sie, ich hab sie‹, und anhielt, um besser ihre kleinen, runden Augen zu erkennen, die durchtrieben waren, doch jetzt von blankem Entsetzen erfüllt, und entschlossen entriß ich ihr die Schwungfedern, um ihr die weiten Flüge vorläufig zu beschneiden, bis ihr neue Federn und neue Flügel wüchsen und auch neue Zuneigung, und dies war die süße Haft, die ihr bevorstand, wenn sie wieder zu einem echten Flug imstande wäre; und die Tauben meines Gartens waren frei zu fliegen, sie hoben zu langen Ausflügen ab, kehrten aber stets zurück, denn nichts weiter als Liebe hatte ich für sie und wollte ich von ihnen, und sie flogen recht weit, und ich erkannte sie auf den Dächern der ferneren Häuser unter dem Schwarm der fremden Tauben, die ich glaubte eines Tages gleichfalls in meinen unermeßlichen Garten holen zu können; sie war nun dort, weiß, ganz weiß das weiße Gesicht, und ich konnte allen Zwiespalt fühlen, die Wirrnis und ihre Schmerzen, und da konnte ich glaubendurchdrungen denken, ich irre mich nicht in diesem Brand, in dieser Leidenschaft, in diesem Delirium, und ich malte mir aus, um sie herbeizulocken, wie es sich gehört, hätte ich aus Weinbeeren einen gewundenen Pfad bis zum Fuß der Treppe legen, hätte Büschel frischer Granatäpfel an die Fenster der Fassade hängen und hätte mit Girlanden bunter Blumen die alte, das Haus umlaufende Balustrade umwinden müssen; es war die Zeit zu warten, doch ich stolperte schon, kam ungeduldig vom Fenster zurück, gab dem Strohlager, das ich mit dem Schnabel tagtäglich mitten im Zimmer aufgeschichtet hatte, einen heftigen Tritt, und eine Bö aus Streu und Staub erhob sich in meinem Kopf, für einen Nu verlor ich mich in jenem Wirbel und besah verwirrt den Aufruhr meines eigenen Nestes: es war das Leben im Zimmer! wieder lauerte ich durch den Spalt, und schon war sie nicht mehr unter dem Ziegeldach, und ich war schon nicht mehr in mir, ich war zur Eingangstür geflogen: die Zeit, die Zeit, dieser bald sanfte, bald furchtbarste Folterer, absoluter Dämon, der allen Dingen ihre Beschaffenheit verleiht, ist noch heute und immerfort derjenige, der entscheidet, und somit derjenige, vor dem ich mich angstvoll verbeuge und in banger Spannung stehe und mich frage, welches ist der Augenblick, der präzise Augenblick des Überschreitens? welcher Zeitpunkt, welcher furchtbare Zeitpunkt bezeichnet den Sprung? welche Windmenge, welche Raumtiefe führen mit zur Grenze? Zur Grenze, an der die Dinge, schon der Schwingung beraubt, aufhören, schlicht Leben im Alltagsstrom zu sein, um Leben in den Katakomben des Gedächtnisses zu werden; sie war nun vor mir, stand dort im Eingang, weiß, ganz weiß das weiße Gesicht, gefiltert die alten Farben so unterschiedener Erregungen, und fügte mit dem Türrahmen das Bild, von dem ich noch nicht weiß, wo ich es aufhänge, ob im Gerenne des Lebens, ob im Rinnen des Todes; und so standen wir uns gegenüber, ohne uns zu bewegen, stumm, ein blinder Knoten in unsern Gemütern, doch es genügte, daß sie die

Schwelle überschritte, es war ein Kinderwissen, doch schon war es ein Wissen aus Augenblicken, in der einen Hand das Ende der unterm Sand verlaufenden Leine, in der andern das Herz, nicht möglich war's, zu handeln vor anstehenden Augenblicken der Geduld, andernfalls würde das Fallsieb vorzeitig zuschnappen und die Taube verletzen, die aufgeregt aufflatternd zu Schaden käme; Korn für Korn, Augenblick für Augenblick, je näher dem Sieb, um so listiger die Taube, wenn sie entschlossen den Boden abpickte, doch vorher zitterte jedesmal ihr Hals wie der Arm einer Stampfmühle, immer wieder unschlüssig auf halbem Weg zu seinem Ziel; und bei jedem Picken und jedem Punkt erzitterten die Flügel und sträubte sich mit Rückzug drohend das Gefieder, bis sie die Schattenlinie unter dem Siebrund überschritte und eine süße Speise das Geflecht vergessen ließe, das auf den Boden gezeichnet war; es war Kinderwissen, jedoch ein kompliziertes Wissen, kein Korn zuviel, kein Augenblick zu wenig, um den Vogel weder durch Mangel noch durch Fülle zu entmutigen, es galt das kluge, präzise Maß zu finden, um die Taube arglos im Mittelpunkt der Falle zu halten; in der einen Hand ein Herz in Flammen, in der andern die flinke Leine, die geometrisch sich straffen und einen jähen Strich in den Sand zeichnen würde, worunter eben noch Berechnung und Findigkeit verborgen waren; keinerlei Überschwang, keinerlei Schwanken in der Sekunde des Zugs an der Leine, kein Augenblick zuviel im Gewicht des gespannten Arms.

18 Dies war der Augenblick: sie überschritt die Schwelle, machte einen Bogen um mich wie um einen Baumstamm, der vor ihr aufgerichtet stünde, teilnahmslos, trokken, hochentzündlich; ich regte mich nicht, blieb derselbe steife Stock, fühlte gleichwohl ihre wahnsinnigen Schritte hinter mir, ahnte eine dunkle, ihr die Augen trübende Paste, doch allmählich beschrieb der unschlüssige Schatten ungezwungene Bewegungen, die sich bald im Tunnel des Flurs verloren: ich schloß die Tür, ich hatte die Leine gezogen, wohl wissend, daß sie irgendwo im Hause reglos, die Flügel eingelegt, erdrückt vom Gewicht eines starken Schicksals, weilen mußte; ebendort, bei der Tür, zog ich Schuhe und Strümpfe aus, und meine bloßen Füße auf der Feuchte des Fußbodens spürend, spürte ich auch meinen Leib unversehends voller Unzucht, verderblich kam ein Knochen aus meinem Fleisch zum Vorschein, ich hatte Sporen an meinen Fersen, was für ein hochblutiger Kamm, was für eine unerschrockene Leidenschaft, was für geahnte Zuckungen! im Flur versank ich beim Betreten eines gefährlichen Läufers, ein gutartiges Beben schüttelte mich beständig durch, doch kein Laut unter meinen Schritten, kein Splittern, kein Ächzen im Fußboden, ein sofortiges Innehalten, wo ich innehalten mußte, es stand geschrieben: sie lag dort, ausgestreckt auf dem Stroh, die Arme locker neben dem Leib, der Himmel durchs Fenster zum Greifen nahe, doch ihre Augen geschlossen wie die geschlossenen Augen einer Toten, und jetzt noch frage ich mich, wie ich meine Stärke ritt im Galopp einer solchen Gefahr, ich hatte meine roten Haare und vor mir einen Hügel trockenen Strohs, doch auf dem First eines Augenblicks fragen wir nicht nach dem Ziel unserer Schritte, mir genügte zu wissen, der Augenblick, der vergeht, vergeht für immer, und von einem Schwindel überwältigt, streckte

ich mich brennend neben sie, schnellte mich in einem einzigen Pfeilschuß, Gift in der Spitze dieses Schaftes, und den Entschluß in den Armen wiegend, nicht länger das Leben aufzuschieben, packte ich mit verwegenem Ungestüm ihre Hand, doch die Hand, die knetend ich in der meinigen hielt, war leblos, kein Wort war darin, keinerlei Erregung, keine Seele war in jenem Flügel, ein totes Vögelchen hielt ich in der Hand gepreßt, und als ich mich plötzlich derart verloren sah, ohne zu wissen, auf welchem Pfade ich und auf welchem anderen Pfad mein Glaube gingen, wir beide, die wir bisher eins waren, sah ich erschrocken, wie mein Kontinent sich zweiteilte, welche Brüchigkeit in dieser Spaltung, wieviel Ungewißheit, wie viele Hände, wie viele Haarbüschel, schrie ich endlich meinen wahnhaften Hang hinaus, ließ von meinen sonderbaren Lippen ein hohes, fieberdurchglühtes Gebet aufsteigen, das ich noch niemals gesprochen hatte, ein Wunder, ein Wunder, mein Gott, so bat ich in einem fort, ein Wunder, und ich in meinem Unglauben erstatte Dir die Existenz zurück, erlaube mir diese einzigartige Leidenschaft zu leben, flehte ich, während das wilde Fruchtfleisch meiner Finger versuchte, das kalte Fruchtfleisch ihrer Finger wiederzubeleben, auf daß diese Hand wie die meinige atme, o Gott, und ich zum Lohn für diesen Hauch werde fliegen, um mich zärtlich zu legen auf Deinen Leib, und mit meinen regsamen Fingern werde ich den goldenen Angelhaken entfernen, der eines Tages Dir den Mund durchstochen hat, werde dann sorgsam Dein wundes Antlitz säubern, behutsam die Spinnweben entfernen, die das alte Licht Deiner Augen verdeckt haben; nicht vergessen werde ich Deine edlen Nasengänge, werde sie so frei machen, daß künftig Du atmest, ohne zu wissen, daß Du atmest; werde auch den verkommenen Staub fortwischen, der Deinen erdschweren Haarschopf erstickt hat, werde eifrig die Läuse suchen, die durch Deine

Kopfhaut Pfade gezogen haben; werde Deine dunklen Fingernägel mit meinen Nägeln reinigen, werde eine nach der andern die Libellen pflücken, die in Deinem Schamhaar laichen, werde Deine Füße in blauem, lavendelduftendem Wasser waschen, und mit meinen liebevollen Blicken werde ich ungesäumt das offene Fleisch zwischen Deinen Zehen schließen; werde auch Dir die heiße Luft meiner Lunge einhauchen und, wenn das zarteste Gefäß zu fließen beginnt, dann wirst Du sehen, wie Deine geschundene, ausgelaugte Haut sich mit Zucker füllt und Dein harter, klaffender Mund sich in reife Frucht verwandelt; und weicher Flaum wird anmutig dort aufs neue sprießen, wo Deine früheren Körperhaare wuchsen, auch dort unter Deinen alten, überschwenglich duftenden Achseln, und blutjunge zärtliche Locken auf Deiner ebenen Schamflur, und ein Kinderflaum soll wachsen beim süßen Hof Deines immerzu weingetränkten Afters; und dies alles wird in Dir, in einem Jungmädchenleib wiederauferstehen dank demselben Wunder wie dem der glatten, seidigen Vogelfedern nach der Mauser und dem der frisch treibenden, funkelnden Blätter der Bäume im Frühling; und gleich soll ein lauer Wind Deinem Haar den Ausdruck von Hoheit wiederschenken, und Jubel und Herrlichkeit werden sein in dieser Erweiterung; dann werde ich Dich in weißen Atlas kleiden, mit goldbortigen breiten Passen, an Deine Finger Ringe stecken, deren Steine die Blicke aller Propheten hüten, und eiserne Armreifen für Deine Handgelenke und einen Ölzweig für Deine edle Stirn; Waldharze werden an Deinem frischen, reinen Leibe herabtropfen, Hände voll Sterne werden Dein Kinderhaupt bedecken, als säßest Du auf einer Sänfte mit Lilienboden; und liebliche Speisen werden Dir auf Weinblättern gereicht und frische Trauben und Orangen und Granatäpfel und aus fernsten Obsthainen die im Gedenken an meine Erzeuger gepflückten Darrfrüchte, die Feigen und der Dattelhonig, und Dein Ruhm wird niemals größer gewesen sein in Deiner ganzen Geschichte! welche Unschlüssigkeit, welche Zwiespältigkeit fühle ich schon in dieser Hand, irgendeine Seele womöglich pocht in diesem krankhaften Gips, irgendein Hauch, irgendeine künftige Narbe denkt schon zurück an ihren jetzigen Schmerz; ein Wunder, mein Gott, und ich schenke Dir das Leben wieder, und in Deinem Namen werde ich ein Schaf aus meines Vaters Herde opfern, eines von denen, die in der bläulichen Frühe weiden, ein junges, taufeuchtes, eines mit straffem, flinkem, ganz ungebärdigem Leib; die Ärmel werde ich hochkrempeln, lege dann Messer und Stricke zurecht, binde seine zarten Pfoten paarweis zusammen, um das erschrokkene Tier zu meinen Füßen regungslos zu machen; meine linke Hand wird nach den Knospen greifen, die ihm anstelle der Hörner schwellen, und sanft seinen Kopf emporwenden, um die reine Halsblöße zu finden, und mit der Rechten führe ich schwer den Hieb, der ihm die Kehle öffnet, Blöklaute auslöst, in dunklem heftigen Strahl das dichte Blut auslöst; das noch zitternde Schaf werde ich in meine Arme nehmen, hänge es kopfunten an eine Stange, lasse den Lebenssaft aus den zerschnittenen Röhren zu Boden fließen; stecke in sein Fell ein entschiedenes Rohr, hart und robust genug zu kräftigem Blasen, um meine Lippen daran zu setzen und zu blasen, wie mein alter Onkel die Flöte blies, es mit einem alten, verzweifelten Liede füllend, seinen Umfang blähend, wie sonst nur drei volle Tage eine Tierleiche blähen; und ist es enthäutet, aufgerissen sein Bauch von oben bis unten, wird eine Innigkeit von Händen und Gedärmen sein, von Bluten und Tugenden, Leimruten und Weisungen, von erbitterten Kerzen, die heilige Öle und etliche andere Wässer ausweinen, auf daß Dein lüsterner Hunger gleichfalls wiederbelebt werde; ein Wunder, ein Wunder, flehte ich noch feurig, als ich auf einmal spürte, die blutleere Hand, die ich gedrückt hielt, war ein jähes Vogelherz, klein und warm, ein rotes, irrsinniges Wort, schon zappelnd in meiner Hand! voller Bangigkeiten, geblendet vor derart geweißten Wänden, zerdrückte ich das Wasser meiner Augen und sprach weiter im Fieber, Gott existiert, und in Deinem Namen werde ich ein Tier opfern, damit wir uns mit Gebratenem versehen, und viele berauschende Weine werden wir abklären und uns alsdann betrinken wie zwei Kinder und werden Steilhänge barfuß erklimmen (was für ein Engelgetrappel, was für Kitharaakkorde, schon höre ich glockenläutende Hufe!), und Hand in Hand werden wir aufbrechen, die Welt in Brand zu stecken!

19

»Nur Ana, nur Ana, Pedro, nur Ana war mein Hunger«, platzte ich in einem hohen Augenblick heraus und stieß mit einem einzigen heftigen Ruck meinen reifen, pesthaften Karbunkel hervor, »Ana war meine Sucht, war mein Wahnsinn, war meine Atemluft, meine Schneide, mein Schauder, mein Hauch, die freche Belagerung meiner Hoden«, schrie ich klaffenden Mundes und entblößte das Relief meiner überschäumenden Zunge, gleichgültig gegen den verborgenen Wächter zwischen meinen Zähnen, und verspritzte Blutgerinnsel und löste das immer in Schweigen eingesperrte Ekelwort aus, »ich war der besessene Bruder, ich, der rasende Bruder, ich, der verderblich riechende Bruder, ich, der auf der Haut den Schleim so vieler Nacktschnekken trug, den verspritzten Geifer des Dämons, und Milben zwischen meinen Poren und wirre Ameisen in meinen Achselhöhlen und wimmelnde Fruchtfliegen beim Feiern meines besudelten Leibes; bring mir gleich, Pedro, bring mir gleich unsere Kinderbadeschüssel, das lauwarme Wasser, die Aschenseife, die rauhe Bürste, das weiße, plüschige Frottiertuch, wickle mich darin ein, wickle mich in deine Arme, trockne mir das verstörte Haar, fahr mir dann mit deiner ernsten Hand über den Nacken, vollführe schnell dieses Zärtlichkeitsritual, dazu bist du berufen, du, Pedro, der du als erster die Mutter aufgestoßen hast, du, der mit der Heiligkeit der Erstgeburt Beschenkte, sagte ich schäumend und schmerzerfüllt, ins Gleiten gekommen auf der Schlüpfrigkeit verstohlenen Speichels, und obgleich in den Ingrimm eines Besessenen verfallen, sah ich meinen Bruder, erschrokken über die Wucht meines Sturms, sein Antlitz mit Händen bedecken, unmöglich zu erraten, welcher Mundkrampf ihm den tiefgebrannten Gesichtsziegel spleißte, welcher Feuersteinfunke ihm womöglich die Augen spaltete, offensichtlich tastete er nach einem Stab, suchte gewiß die feste, harte Erde, sogar seine geächzten Hilferufe konnte ich hören, doch beim Anblick seiner urplötzlichen, ruhigen Haltung (es war mein Vater) kam mir auch der Gedanke, zu einer Geduldübung womöglich ziehe er sich zurück, um im Dunkeln die Texte der Altvorderen zu befragen, das edle, altüberlieferte Blatt, da die Hand nach Ruhe verlangt, doch im Strom meiner Ekstase zählte schon nicht mehr sein Schmerz, gemengt mit Ehrfurcht vor der Schrift der Ahnen, ich mußte wutentbrannt schreien, mein Wahn sei weiser als die Weisheit des Vaters, mein Leiden bekomme mir besser als die Gesundheit der Familie, meine Medikamente hätten niemals in einem Lehrbuch gestanden, doch es gebe eine andere Medizin (die meinige!), und außerhalb meiner selbst erkennte ich keinerlei Wissenschaft an, und alles sei einzig und allein eine Sache des Blickwinkels, und worauf es ankomme, sei mein, einzig und allein mein Standpunkt, und eine ausgeklügelte Laune der Satten sei es, die Tugend der Geduld an anderer Leute Hunger zu erproben, und alles dies mußte ich in einem Anfall von Worten sagen, krampfartig, zwanghaft, und schlagartig den Predigttisch umkippen, Sperren, Riegel und Ketten brechen, dabei dennoch die Wasserwaage anlegen und aufs Lot achtgeben, um ein anderes Gleichgewicht zu errichten und, meine Kräfte spannend, immer höher zu steigen, vor allem meine heimlichen Muskeln zu straffen, auf der Stelle in mir ganz das Tier wiederzuentdecken, Hufe, Kinnladen und Sporen, meinetwegen mochte ein öliges Sekret mein Standbild überziehen, solange ich dahinritte und meine Mähnenhaare wie Federn fliegen ließe und bogenschützengleich mit meinen Kentaurenhufen den weichen Bauch dieser Welt knetete und auf dieser Weide ein Weizenkorn und eine dicke, weingetränkte Schnitte Wut verzehrte, ich der Fallsüchtige, der Besessene, der Behexte, ich, der Hungrige, begierig, in meine zuckende Rede eine Flammenseele aufzunehmen, ein Schweißtuch der Veronika und soviel herausgeniesten Schlamm, in die Brühe dieser Strömung den salzigen Namen der Schwester zu mischen, Anas verworfenen Namen, dem Saum der Koseworte den Saft meines Dolches zu entlocken, mich bebenden Fleisches aufzuschwingen im wollüstigen Drang zur Beichte (welche Schauder, wie viele Sonnen, welche Röchellaute!), bis mein ermatteter Leib unversehens vor Erschöpfung sachte zurücksänke.

20

Ausgestreckt auf dem Stroh, nackt, wie ich zur Welt kam, fand ich Frieden; das Zimmer war dunkel, es mochte die Stunde sein, da die Mütter ihre Kinder einwiegen und ihnen liebliche Traumbilder zuflüstern, doch draußen war noch Tag, ein überaus milder Spätnachmittag, ein zarter Himmel ganz aus zwiespältigem, zauderndem Rosa; ich verfiel ins Grübeln über diese ruhige Stunde, da die Herden den Brunnen suchen und die letzten Vögel zum Ruheplatz streben; auch dachte ich, ich könnte mich aus dem Fenster lehnen und die Wolkenfetzen geduldig dahinziehen sehen wie die Barthaare eines Greises, bis eine sanfte, dunkle Muschel am Himmel das Tageslicht löschte und allmählich sich mit vielen Brüsten überzöge, um frühmorgens Kinder im Schlafanzug zu nähren; und ich ahnte in der Stunde des Erwachens die beiden riesigen Hände unter meinen Schritten, gleich würde die Natur aus mir ihren Sohn machen, ihre dikken Arme breiten, mich mit der Frische ihres Nachttaus netzen, mich in ein Wiesenlaken wickeln, mich wie ein Kind auf ihren Schoß nehmen; würde voll Eifer sich um meine Ängste kümmern, schnell das Frühlicht anzünden, den restlichen Morgendunst zerstreuen, reichliche Winde würden meine Füße in ihren Haaren trocknen, meine Wimpern mit Augentropfen betauen; auch striche mir eine vage, eine so weite Berührung über den ruhigen Leib, würde mich wohltuend kitzeln, mein Flaumhaar liebevoll aufrichten, mein zartes Fleisch mit Talkum bestäuben, mir ein rotes Band um den Hals legen und daran, gegen den bösen Blick, ein beinernes Faustamulett hängen; an einer heiteren Stelle dort im Wäldchen, unter hochkronigen Bäumen, wo der Boden sein Licht- und Schattenspiel treibt, hätte ich quellende Wasser und gurrende Bäche zur Seite, junge Blätter, die mir die Stirne schmückten, das Dickicht auf meinen Zähnen, das mir den Atem würzte, Honig und Granatäpfel, die meiner harrten, alterslose Tauben, die mir auf den Schultern säßen, und ein gelber Ball, der auf dem unermeßlichen Busen der Atmosphäre triebe und zu einer irrwitzigen Liebkosung meiner Lippen reizte; und es war – Ana neben mir – so gewiß, so notwendig, daß es gerade so sei, daß mir der Gedanke kam, in der matten Abenddämmerung zum verwahrlosten Garten des alten Hauses hinabzugehen, um den geschmeidigen Zweig eines Strauchs zu biegen und eine Blüte aus alten Zeiten für ihre Knie zu pflücken; statt dessen fuhr ich mit schwerer Bauernhand, die beiden ängstlichen, in ihren Schenkeln verborgenen Lämmer schreckend, ohne Hast über ihren Humusbauch, grub die Erde um, steckte Beete ab, furchte das Erdreich, säte Petunien in ihren Nabel; auch kam mir meine Harnröhre in den Sinn, aufgesperrt wie ein Chrysanthemenstengel, und ich dachte bei mir, noch oft würden wir beide kindergleich lauthals lachen, wenn wir einander mit Harn bespritzten und benäßten, wie jüngst, und stets mit unseren arbeitsamen Zungen den Speichel des einen gegen den Speichel des andern tauschten und unsere nassen Gesichter mit unsern Augen aneinander klebten, Gesicht gegen Gesicht, und nur noch dächten, wir seien aus Erde und alles, was in uns sei, würde in dem einen nur keimen dank dem Wasser, das vom andern käme, der Schweiß des einen dank dem Schweiß des andern; und an diesem Ruheplatz aus Erden und so vielen Wassern drückte jemand mir sanft die Lider zu und ließ mich überrumpelt in einen leichten Schlummer willigen, mich, der ich nicht wußte, daß die Liebe Wachen erheischt; es ist kein Friede ohne Ende, kein höchstes Gut ohne Grenze, kein Kelch ohne Giftgrund; gängige Weisheit war's, doch welcher Leichtsinn von mir, ein Stärkerer als ich hielt die Leine gezogen, und ich, ein schlauer, heller Junge, war dem Schicksal in die vielberedete

Falle gegangen: es schob seinen langen Arm zu den Früchten meines Sackes, faßte mit schlanken Fingern den Grund, und jäh, mit einem Lidschlag, stellte es meine süße Welt auf den Kopf; Angst und Schreck kamen auf, als ich das Stroh betastete, ich öffnete die Augen, zwei glühende Kohlen, und mein Leib, kein Zweifel, war maßgebildet, den Dämon aufzunehmen: satanischer Grimm übermannte mich, sobald ich ihr Fortsein bemerkte, und plötzlich fand ich mich, mit einiger Umsicht, im dunklen Flur wieder und fragte mit deutlichen Worten, »wenn du im Haus bist, antworte mir, Ana«, und es war eine wohlabgewogene Frage, beinahe sanft, ich suchte, obwohl entbrannt, das alte Haus zu ködern, sein Fledermausschweigen, seine Gespenster, sie alle, als Bundesgenossen, auf meine Seite zu ziehen, und wiederholte, »antworte mir, Ana«, und wieder hallte meine Stimme in Wellen, und ich wartete (um meine Geduld zu erweisen), doch als ich keine Antwort erhielt, begann ich auf knarrenden Dielen und in wachsender Raserei das ganze Haus zu durchstöbern, Zimmer für Zimmer, Winkel für Winkel, Schatten für Schatten, und als ich keine Spur von ihr fand, lief ich auf die Veranda hinaus, mein Mark gekühlt von der Beschaulichkeit dieser dunklen Nacht: die Sträucher des alten Vorgartens, zerfetzt von wilden, sie überwuchernden Ranken, hatten sich in phantasmagorische Bauten eines lärmenden Insektenreichs verwandelt; gegen die Balustrade gelehnt, blickte ich in alle Richtungen, und dort auf den Weidegründen, reglos unter der Krone einer alten *aroeira*, bildeten die Rinder, teils noch stehend, Schattenrisse im Schlaf; ich ließ meine Lunge bersten, brüllte Anas Namen aus allen meinen Bälgen, doch vergeblich, die Trümmer des Gartens vor mir rührten sich nicht im Schlaf, und die Rinder waren zu jener Stunde alle aus Granit, was für eine Gleichgültigkeit, was für eine besudelte Natur, kein Zeichen von Erwiderung meiner Anrufe, was für ein Gefühl der Ohnmacht! von ihrer Flucht überzeugt, wollte ich auf einmal mir das Gesicht zerkratzen, mir die eigenen Nägel ins Fleisch schlagen, meinen Leib zum Bluten bringen, was für eine Hilflosigkeit! und in aller Hast entwich ich aus dem alten Haus, barfüßig, und im Flug meiner Beine tat sich pötzlich ein anderer Ort auf, und ich sah, nicht einmal weiß ich, ob mit Verblüffung, dort wo die Kapelle stand, den Bogen ihrer schmalen Tür geöffnet, jemand darin hatte soeben Kerzen angezündet; ich hemmte meinen Flug, nur einen Augenblick, kein Grund war zum Stehenbleiben, kein Grund zum Denken, und so erneuerte ich meinen Lauf, und schon ganz nahe, zügelte ich meine überstürzten Schritte, nicht wollte ich, atemlos wie ich war, sie aufschrecken im Gebet: Ana lag dort vor dem Betschrein auf den Knien, und ich konnte das Altartuch erkennen, das ihr Haar bedeckte; sie hielt den Rosenkranz in der Hand, ließ die ersten Kugeln durch die Finger gleiten, die Augen auf die erhöhte, von zwei Kerzen erleuchtete Heiligenfigur geheftet; beim Anblick ihres frommen Profils, ein angespanntes Kribbeln auf ihren Lippen, verfiel ich in einen flüchtigen Schwindel, doch gleich fand ich mich in der Kapelle wieder, die nicht im entferntesten dieselbe war wie in unseren hellen Kindertagen; in eine Bronzekammer mit ihrer Enge war ich eingetreten, dort standen dicht gedrängt, jeder auf seinem Posten, verstellt in den vielen Schatten, all meine Dämonen, was für Gaukelspiele ersann das Schicksal mit Hilfe der Zeit (es verquickte sich mit ihr!), stattete sie mit Berechnung und Findigkeit aus, steuerte nicht stracks aufs Ziel: bevor es die Leine zog, ließ es Kerzen brennen, hieß Ana auf den Knien liegen und überließ, großmütig und freizügig dort in der Kapelle, mir die Wahl zwischen den tönernen Heiligen auf der einen Seite und den Legionen des Leibhaftigen auf der andern; auch ich, ein Kind noch, pflegte der arglosen Taube eine gleiche Wahl zu überlassen: auf der einen Seite Sand ohne Futter, auf der anderen die Verheißung der Fülle unter dem Sieb; von Kind auf war ich nichts weiter als ein Schatten nach dem Bilde des Schicksals, auch ich versah die Abschnitte einer Strecke mit Umwegen: ich legte einen gewundenen Maiskörnerpfad bis unters schräg stehende Fallsieb, obschon die alles entscheidende Leine, unterm Sand verborgen, straff gespannt als Gerade verlief, befestigt an dem Stab, der den Siebrahmen auf einer Seite stützte; warum also diese Tüftelei, so viel Dramatik, dieses Uns-Vollstopfen mit Erwartungen, wenn meine Bestimmung schon entschieden war? kaum eingetreten, stellte ich mich hinter sie, begann nun meinerseits heftig murmelnd meinen Rosenkranz herunterzubeten, das Seil meines Brunnens war es, woran ich zog, Obstkern um Obstkern, »ich liebe dich, Ana«, »ich liebe dich, Ana«, »ich liebe dich, Ana«, sprach ich in einem fort wahnentbrannt, wie ein Beter, voll zwiespältiger Gefühle, welch tiefe Lust, ihr Rückgrat zu reizen, ihre Wirbel zu ritzen, ihren Nacken zu sticheln mit der Wärme meiner Zunge; doch zwecklos war meine Beschwörung, kein Erschauern, keinerlei Regung durchfuhr ihren Rücken, wo, in Höhe der Schultern, ein wenig tiefer, der grob geklöppelte Saum des zum Schleier gewordenen Altartuchs verlief; dennoch rückte ich vor, Kern um Kern, »Ana, hör mich an, um dies eine bitte ich dich«, sagte ich, eine gewisse Gefaßtheit schmiedend, ich mußte meine Geduld erweisen, ihr vernünftig zureden, ihr Wandlungsvermögen nutzen, auch galt es, dort die tönernen Heiligen zu ködern, die lichten Steine, die erleuchteten Teile jener Kammer, zu versuchen, was ich im alten Haus versucht, die ganze Kapelle zu ködern und auf meine Seite zu ziehen: »ein Wunder, was zwischen uns geschehen ist, geliebte Schwester, dieselbe Wurzel, dasselbe Dach, kein Verrat, keine Treulosigkeit, und die selbstverständliche, so grundlegende Gewißheit, immer aufeinander bauen zu können im Augenblick der Freude und in den Stunden des Unglücks; es war ein Wunder zu entdecken, geliebte Schwester, daß wir so zusammenstimmen in unseren Leibern und mit unserer Vereinigung die gemeinsame Kindheit weiterleben, ohne unsere Spielsachen zu kränken, ohne Riß in unsern Erinnerungen, ohne Trauma für unsere Geschichte; es war ein Wunder, ganz besonders zu entdecken, daß wir in den Grenzen unseres Hauses uns selbst genügen und so das Vaterwort bekräftigen, nur im Schoß der Familie sei das Glück zu finden; es war ein Wunder, geliebte Schwester, und nicht zulassen werde ich, daß diese Fügung des Schicksals entzaubert werde, denn ich will glücklich sein, ich, der krumme Sohn, das schwarze Schaf, das niemand anerkennt, der unverbesserliche Herumtreiber der Familie, der gleichwohl unser Haus liebt und diese Erde liebt und auch die Arbeit liebt, im Gegensatz zu dem, was man von ihm denkt; es war ein Wunder, geliebte Schwester, es war ein Wunder, ich versichere es dir noch einmal, und es war ein Wunder, das nicht umzukehren ist: von nun an wird alles anders, früh werde ich mit den Brüdern aufstehen, werde dem Vater zur Arbeit folgen, die Erde pflügen und einsäen, das Knospen und Wachsen begleiten, die Sorgen unseres Ackerbaus teilen, werde um Regen und Sonne bitten, wenn es an Wasser oder Licht auf den Pflanzungen mangelt, die reifenden Ähren beschauen, zu Recht bei der Ernte zur Stelle sein, die Feldfrüchte heimbringen und mit alledem beweisen, daß auch ich mich nützlich machen kann; ich habe gesegnete Hände zum Pflanzen, geliebte Schwester, ich mißachte nicht das Austreiben eines einzigen Keimlings, nicht das Sprießen eines einzigen Pfropfreises, die Rufe der Erde weiß ich in jeder Stunde zu deuten, weiß, wenn irgend möglich, ihnen nachzukommen, weiß ihr die Kraft für jede Kultur zu geben, und bei allem Respekt vor ihrem Ruhebedürfnis werde ich tun, was der Vater sagt, damit jeder Fußbreit Boden hier Frucht bringe; viel weiß ich von der Feldkultur, werde auch vorbildlich sein im Umgang mit unseren Tieren, weiß ich doch an sie heranzutreten, ihr Vertrauen und ihren Zartblick zu gewinnen, sie zu füttern wie es sich gehört, die Kleie nach meinem Geschmack zu bereiten, die Salze in den Trog zu schütten, welche die Stärke der Muskeln schmieden, will ausreißen das Unkraut, das unsere Weiden schwächt, mähen das Gras, das zur rechten Höhe gediehen, es wenden je nach Hitze und Feuchte der Witterung, es heuen zu Garben oder Ballen je nach Bedarf, geschickt, wie ich bin beim Führen von Sichel und Forke; weiß die Kühe zu melken, bin liebevoll zu den Kälblein und überaus freundlich zu ihren Müttern, wenn ich sie trenne, wische den Schleim vom Euter, ohne daß vorzeitige Milch mir durch die Finger rinnt, sorge, daß diese den fetten Geruch von Ställen und Pferchen beim Waschen nicht verlieren; ich hege ungeheure Vorräte an Zuneigung für die ganze Herde, habe einen klinischen Blick für die Färse, die eines Tages werfen wird, weiß die eitrigen Würmer herauszuziehen, die ihr das Fell durchbohren, mahne sie bei diesem Eingriff, das buntschillernde Trugbild der Schmeißfliegen zu meiden, und gebe mit Fleiß ihrem Fell die Glätte, Weichheit und den alten Reliefglanz zurück; weiß überdies unsere Herde gegen andere Stiche zu verteidigen, sie vor rauhen Winden zu schützen, sie in den Schatten der Bäume zu führen, wenn die Sonne schon im Zenit steht, oder unter die Ziegeldächer, um sie vor den schlimmsten Unbilden der Witterung zu bewahren, und kenne von allen Brunnen der Fazenda die mit dem besten Wasser, um die Hitzigkeit ihres Durstes zu stillen; ich liebe unsere Ziegen und unsere Schafe, weiß das schüchterne Vierwochenlamm in meinen Armen zu schmiegen, bin ausgesucht zärtlich zum erschrockenen

Tier, werde meinem Hirtentum die Feldflöte einverleiben, die Wiesenblüte und den Weidewind; ich habe eine Hirtenseele, geliebte Schwester, weiß es einzurichten, daß eine jede Art sich erkennt, bin Meister selbst der verdächtigsten Paarungen, weiß, wie man des Vaters Herde vergrößert; und über diesen Reichtum hinaus werde ich meine Sorgfalt allem Geflügel angedeihen lassen, unsern so geselligen Hennen, den stattlichen Hähnen, den watschelnden Hausenten mit ihrer spaßigen Silhouette, den von Schnabel bis Fuß gedrungenen Moschusenten, den aufgeplusterten Truthähnen wie auch den scheuen Perlhühnern mit ihrem so abenteuerlichen Flug, die anstelle des Kamms einen morbiden Knorpel tragen; ich weiß Eier aus den Nestern zu holen, eine besonders warme Bruthenne zum immerwährenden Sitzen auf fremden Eiern zu bewegen, und in der Scheuer meide ich jede Aufregung unter den schreckhaften Legehühnern, die ihre verschämten Eier auf den Grund der Körbe oder in gefährlich vom Gebälk hängende Nester setzen; auch für die Tränken weiß ich zu sorgen, die Tonschalen stets schattig zu halten mit frischem, klarem Wasser und sein Verschmutzen zu hindern, ich weiß in den Näpfen den gedroschenen Mais mit Grünzeug und zerstoßenem Korn abzuwechseln, und ohne unsere Gemüsebeete zu gefährden, werde ich all unserm Geflügel fruchtbaren Boden zum Scharren geben; und auch sonst kann ich mich vielfach nützlich machen, Pflöcke zurichten, Gattertore ausbessern, bin genau beim Zuschneiden von Gehrungen, ich schreinere mit Herz und Verstand, ebenso liebe ich den zu Holz gewordenen Baum, erkenne einen jeden von ihnen schon am Geruch, weiß, wozu die Zeder dient, die Kiefer, die *peroba*, der *ipê*, die *sucupira*, will mich um Vaters Werkzeuge kümmern, ihre Anzahl mehren, sie nach jeder Benutzung sorgsam reinigen, den Schlitz am Hammerkopf, das Auge der Wasserwaage und die Zähne des

Fuchsschwanzes absuchen, sie alle will ich mit flüssigem Schmierfett vor Rost bewahren und stets zu erneutem Gebrauch in bestem Zustand halten, denn mir ist nicht verborgen, daß ohne Schärfe niemand schneidet und daß die Geräte nicht allein die Gestalt der Dinge bis ins Feinste schmieden, sondern oft für die Arbeit bis ins Feinste sogar unseren Willen schmieden; auch werde ich unsere Gebäude warten, der Feuchte wehren, die auf die eingelagerte Ernte sickert, den sich durchbiegenden Dachsparren ersetzen, Holz- und Eisenriegel austauschen, Wände tünchen wo immer nötig, einen neuen Schuppen errichten, beim Aufführen einer Wand den umgebenden Raum beachten, die Harmonie zwischen den Dachflächen wahren, zum Wohl der Schwalben nicht die breiten Traufen vergessen; ich bin wandlungsfähig, geliebte Schwester, tauge für jeglichen Dienst, will etwas tun, die Arme voller Erwartung, will gerufen werden, wo immer nötig, berste vor Energie, und keine Aufgabe ist auf der Fazenda, die mich nicht ausfüllen könnte, solange es hell ist; und in den Mußestunden werde ich mit dem guten Dung, der übrigblieb, die Gartenbeete umgraben, werde ebendort Hände voll Kleie, Maiskörner und Klitzekleingeschrotetes ausstreuen, und alles das wird die Blumen ums Haus vermehren, die Vögel auf den Bäumen, die Tauben auf unsern Dächern und die Früchte in unsern Obsthainen; und allabendlich werde ich nach einem Tagewerk von früh bis spät nach Hause kommen, den heiligen Schweiß mir vom Leibe waschen, derbe, saubere Kleider überstreifen und zur Essenszeit, wenn alle versammelt sind und das gebackene Brot auf dem Tischtuch liegt, teilnehmen am erhabenen Gefühl, daß auch ich mit meiner Hände Arbeit zum Familientisch beigesteuert habe; im Gegensatz zu dem, was man über mich denkt, weiß ich viel über Herden und Äcker, doch all dies Urwissen behalte ich für mich, und würde es umgesetzt, käme es nicht so sehr mir als der Familie zugute, so trotze ich der Geringschätzung der auf mich Blickenden, ohne je die Natur meiner Herumtreiberei zu enthüllen; jedoch bin ich müde, geliebte Schwester, dazugehören will ich und mit allen zusammensein, nicht zulassen darfst du, daß ich abseits stehe, noch zulassen, daß meine Begabung vergeudet werde, weil dann alle verlieren; über das, was ich schon kann, hinaus werde ich viele weitere Aufgaben übernehmen lernen und sie alle stets voll Eifer erfüllen, bin fleißig und hartnäckig in dem, was ich tue, und alles werde ich voll Freude tun, doch dafür bedarf ich eines guten Grundes, Lohn will ich für meine Arbeit, Gewißheit brauche ich, meinen Hunger auf dieser exotischen Weide stillen zu können, deine Liebe brauche ich, geliebte Schwester, und ich weiß, nichts Abwegiges will ich, gerecht ist, worum ich dich bitte, der Anteil, der mir zusteht, das Stück, das mir gebührt, die Portion, auf die ich Anspruch habe«, und im Fluß meiner Beschwörung innehaltend, harrte ich verloren in wirren Träumen, meine Blicke auf ihren Rücken gesenkt, meine Gedanken auf unruhiges Gelände gesenkt, doch vergeblich war alles gewesen, Ana rührte sich nicht, blieb auf den Knien, ein Leib aus Holz, nicht einmal weiß ich, ob sie atmete; »Ana, hör mich an, das ist alles, worum ich dich bitte«, wiederholte ich mit derselben Ruhe, wie schon gesagt, ich mußte meine Geduld erweisen, mit Vernunft ihr zureden (welche Schamlosigkeit in ihrer Verwandlungskunst!), mit dem gesunden Menschenverstand alle Heiligen rühren, die ganze Kapelle bei der Stange halten: »Ana, hör mich an, ich habe es schon einmal gesagt, doch ich sage es wieder: ich bin müde, will dazugehören und mit allen zusammensein, ich, der abtrünnige Sohn, der ewige Patient, der Sohn, auf dem der Verdacht der Familie lastet, eine abartige Frucht zu sein; wisse, geliebte Schwester, nicht aus Prinzip begehre ich auf, und nicht mit Absicht trage ich das dauerschiefe Gesicht und die Wut, die seine Züge harsch macht, und nicht aus freien Stücken verstecke ich mich und träume fortwährend Alpträume, wie man sagt: ich will, geliebte Schwester, den trüben Lehm dieser Maske lösen, den meine Augen entflammenden Irrsinnsfunken tilgen, die schändlichen Augenringe aus meinem Jünglingsgesicht verbannen, das Mal auf meiner Stirn für immer löschen, diese düstere Narbe, die nicht vorhanden ist und die dennoch alle erahnen; alles wird anders, geliebte Schwester, meine Wangen werde ich glätten, meine Vereinzelung aufgeben, meine Stummheit, mein Schweigen, werde mit jedem der Geschwister mich verstehen, mein Leben in ihrer aller Leben aufgehen lassen, immerdar soll ich am hellen Tisch zugegen sein, wo die Familie sich nährt; von schlichten Dingen will ich reden, wie alle reden, etwa zum Wiesennachbarn sagen, die diesjährige Ernte sei aber vielversprechend, oder wir könnten ihm das neue Blut unseres Zuchtviehs zur Verfügung stellen, eines seiner gespreizten Worte will ich nachsprechen und darüber hinaus bemerken, die jüngsten Regenfälle hätten die Äcker wahrhaftig geschwängert; auf der Landstraße will ich alle grüßen, denen ich begegne, gleich ihnen die Hand an die Hutkrempe legen, und in der Stadt, wenn ich Salz, Draht oder Petroleum kaufe, will ich in jedem Laden ein wenig plaudern, einen Händedruck tauschen, allen, die mich anblicken, ein unschuldiges Lächeln zur Antwort geben; gut und rechtschaffen werde ich sein, beflissen und hilfsbereit, gern bin ich anderen zu Diensten, kann zuvorkommend sein, werde künftigen Freunden nicht die Hand verweigern, werde kein Gift mehr brauen an der Quelle meiner Gefühlsaufwallungen; und an einem der kommenden Abende nach dem Essen, wenn die Schatten schon die Umgebung unseres Hauses bevölkern und die dunkle Stille von der Veranda Besitz ergriffen hat und der Vater ernst seinen Gedanken nachhängt, dann gehe ich auf ihn zu, ziehe einen Stuhl heran, setze mich zu ihm, verblüffe ihn noch mehr, wenn ich ihn unbefangen in das weit zurückliegende Gespräch hineinziehe, das wir niemals geführt haben; und sobald ich ›Vater‹ sage und noch bevor ich ruhig und entschlossen weiterspreche, werde ich in seinem Antlitz den kaum verhaltenen Jubel ahnen, der ihm aus den feuchten Augen leuchtet, und die Fröhlichkeit seiner Gedanken, die eilig sich ordnen, um zu verkünden, der Sohn, um den man sich ängstigte, wecke keine Ängste mehr, der, um den man sich sorgte, wecke keine Sorgen mehr, und da er zum Wort gefunden, errege der, der alle so sehr erschreckte, nun keinerlei Schrecken mehr; und hat er sich alles Punkt für Punkt angehört, alles was ich ihm zu sagen habe, und habe ich, dank seiner Vermittlung, nach und nach die Befürchtungen einer ganzen Familie zerstreut, kann ich schon jetzt voraussehen, wie unser Ritual sich vollziehen wird: er wird zuerst meine Schultern zwischen seine Hände nehmen, dann mich aus dem Stuhl erheben, wie er selbst zuvor sich erhoben hat, wird danach meinen Kopf zwischen die Hände nehmen, mir fest ins Gesicht schauen, um in meinen Zügen sein früheres Bild wiederzukennen, und bevor ich mit niedergeschlagenen Augen ihn um den Segen bitte, den ich immer schon von ihm wollte, werde ich auf meiner Stirn das rauhe Fleisch seines strengen Kusses spüren, ebendort, wo meine Narbe war; und so wird es sein, und ebenso alles übrige Gute, das danach kommen wird, hilf mir in der Liebe der Familie aufgehen mit deiner Liebe, geliebte Schwester, außerstande, wie ich bin, einen Schritt in dieser Dunkelheit zu tun, ich will aus meiner Finsternis heraus, will mich aus dieser Qual befreien, immerzu hören wir, die Sonne gehe für alle auf, ich also will meinen Anteil am Licht, will meine Portion von dieser Wärme, das ist alles, was ich benötige, um dir in demselben Augenblick meine lichte Seele zu schenken, meinen leuchtenden Leib und meine Augen voll neuen Glanzes; allein dies zu denken, Ana, läßt meinen Kelch schon überschäumen, schon fühle ich eine machtvolle Kraft in den Muskeln, berste vor soviel Freude, schon kann ich mit der Säule meines Armes das Universum stemmen; und an einem geruhsamen Sonntag, nach dem Mittagbrot, wenn der Wein in unsern Köpfen schon warme Dinge spricht und die Sonne dort draußen allmählich zur andern Seite sinkt, werden ich und du aus dem Hause treten, um die Fülle eines Spaziergangs zu genießen; durch den Wald werden wir gehen, dann die Zypressenallee entlang, und wenn bald darauf die Elegie der Kasuarinen um die Kapelle hinter uns liegt, werden wir den Winken der Kokospalmwedel folgen, die uns zu den ausgedehnten Weiden rufen und uns beharrlich drängen, uns auf dem flauschigen Bauch der Wiesen zu lagern; und wenn wir, unter einem archaischen Himmel, unsere Zähne schon mit dem Blut der am Weg gepflückten Maulbeeren eingefärbt haben, erst dann überlassen wir uns dem Schweigen, das weit und umsichtig ist, zu dieser Stunde bewohnt von geheimnisvollen Insekten, von hoch fliegenden Vögeln und fern tönenden Leittierglocken; gib mir deine Hand, geliebte Schwester, so viele Dinge erwarten uns, reich mir deine Hand, das ist alles, worum ich dich bitte, von dieser deiner Geste hängen meine Einstellungen ab, mein Verhalten, meine Tugenden: Güte und Großmut vor allen andern, und immer werden sie mich begleiten, ich verspreche es dir aufrichtigen Herzens, und nicht einmal Mühe wird es mich kosten, doch alles, Ana, alles beginnt in deiner Liebe, sie ist der Kern, sie ist der Same, deine Liebe ist mir der Ursprung der Welt«, sprach ich in einem fort mit zwanghafter Eindringlichkeit, stellte mich einfältig, obwohl meiner Seufzer überdrüssig, Verstörung in den Knochen! »versteh doch, Ana, nicht nur hat die Mutter uns Kinder geboren, als sie das Haus bevölkerte, sie hat uns mit dem feinsten Most unserer Obstgärten durchtränkt, im klaren Honig echter Bienen gewickelt und neben so vielen in unsere Haut geriebenen Düften uns betäubt mit der milden Essenz der Orangenblüten; sind wir etwa schuld an dieser Pflanze der Kinderzeit, an ihrer Lokkung, ihrer Üppigkeit, ihrer Beharrlichkeit? sind wir etwa schuld, wenn wir hart vom verhängnisvollen Virus maßloser Liebkosungen angefallen wurden? sind wir etwa schuld, wenn so viele zarte Blätter den morbiden Schaft dieses Blattwerks verborgen hielten? sind wir etwa schuld, wenn wir dieser Machenschaft ins Netz gegangen sind? an Fingern, Händen und Füßen und an den Knoten von Knien und Ellbogen sind wir verstrickt in dieses Leimrutengeflecht, versteh doch, wir würden, von abgerissenen Nägeln und Federn abgesehen, durch eine Trennung auch an unsern Leibern verstümmelt; so hilf mir doch, geliebte Schwester, hilf mir, damit ich dir helfen kann, dieselbe Hilfe ist es, die ich dir und die du mir leisten kannst, versteh doch, wenn ich von mir spreche, ist es dasselbe, wie wenn ich nur von dir spreche, versteh außerdem, in unser beider Leibern wohnt seit eh und je ein und dieselbe Seele; reich mir deine Hand, Ana, gib mir irgendeine Antwort, sag mir ein Wort, ein einziges Wort, eine angedeutete Geste zumindest, ein leises Kopfnicken genügt mir, ein Schulterzucken, eine Regung in Scheitel oder Sohle, das Ziehen einer Falte unterm Fuß!« bat ich flehentlich, doch Ana hörte mich nicht, offenkundig war die Vergeblichkeit all meines Redens, offenkundig auch war ich dabei, alle Mittel auszuschöpfen mit einem verdächtigen Ziel: die Seele leicht und verfügbar zu halten, was für Bedrohlichkeiten, was für Gefahren! barfuß tat ich drei Schritte auf sie zu und blieb vor ihr stehen, an die Wand des Gebetsschreins gelehnt, mein Gesicht im Schatten, das ihre vom Kerzenlicht erleuchtet, ich stand da mit lichterloh brennenden Augen, die fast mit ihren erhobenen Augen zusammenstießen, doch es ist unglaublich: ihr Wille war stark, Ana sah mich nicht, eifrig bearbeitete sie, niedergekniet, ihren Rosenkranz, nur Inbrunst, Wasser und Kies auf den Wangen, sie wusch sich das Fleisch, reinigte sich vom Aussatz, was für ein Läuterungsbad! »hab Erbarmen mit mir, Ana, hab Erbarmen, solange noch Zeit ist«, ergoß ich nun mein Gemurmel in eine weltlichere Richtung, »versteh doch, was ich sagen will, wenn ich so zu dir rede: mit meinem Flehen will ich nicht deine Zuwendung wecken, eher ist es ein Hinweis, ist meine Warnung, in meinem Appell, dessen kannst du gewiß sein, liegt die Hellsicht dunkler Weissagung: wenn diese Leidenschaft zerbricht, werde ich ohne Mitleid sein, deinen Glauben teile ich nicht, im Unglück achte ich deine Heiligen nicht«, sagte ich, schon das Blöken eines verirrten Schafes vernehmend, das über eine rote Wiese lief, talwärts schoß, wissend, daß irgendwo soeben ein Feuer aus harzigen Scheiten angezündet wurde, und es war nicht Tag noch Nacht, es war eine auf halber Höhe angesiedelte Zeit, eine Zeit, die im Zwielicht zwischen Hund und Wolf zerging: »Ana, noch ist es Zeit, entlaß mich nicht mit deiner Weigerung, überlaß nicht so vieles meinem Gutdünken, so frei will ich nicht sein, nötige mich nicht, im bitteren Ausmaß dieses maßlosen Raumes mich zu verlieren, stoß mich nicht fort, schick mich nicht weg, verlaß mich nicht an der offenen Einmündung zu diesem breiten Weg, ich habe es schon gesagt und wiederhole es noch einmal: ich bin müde, ich will unbedingt meinen Platz am Tisch der Familie! flehend stehe ich hier, Ana, und erinnere dich, daß die Familie verschont bleiben kann; in dieser Welt aus Unvollkommenheiten, die so gefährdet ist, wo die beste Wahrheit nicht die Grenzen der Verwirrung zu überschreiten vermag, wollen wir uns mit den spontanen Werkzeugen begnügen, die zum Schmieden unseres Bundes taugen: dem widerspenstigen Geheimnis, vermengt mit tückischer Lüge und gefleckt mit subtilem Zynismus; die Ausgewogenheit endlich, von welcher der Vater spricht, gilt allenthalben, nie war es weise, die Tugend zu übertreiben, und außerdem, Ana, im Bemühen, das Beste zu geben, wer gelangt bis zum Kern? nicht vergessen dürfen wir, daß die Straßen, wie jeder Weg, nur die oberste Erdschicht ritzen und daß jeder Strich, selbst das Leben unter dem Boden, immer eine Bewegung auf der weiten Oberfläche ist; Vernunft ist verschwenderisch, geliebte Schwester, sie schneidet in jegliche Richtung, billigt jeden Querpfad, sofern wir diese Klinge geschickt zu führen wissen; um unsere Leidenschaft zu leben, laß uns unsere Augen von aller Künstlichkeit lösen, von den Vergrößerungslinsen und den quälenden Farben anderer Gläser, um in aller Einfachheit ihr lichtes, klares Wasser zu nutzen: dann läßt sich unmöglich das Einzigartige unserer Liebe als Ausdruck von Ichsucht betrachten, als Besudelung der Sitten oder Bedrohung der Art; und kümmern wir uns nicht um solche Belanglosigkeiten, geliebte Ana, dies alles ist so morsch, daß eine nichtige Geste genügt, den lästigen Treuhänder der Gemeinschaftstugenden aus unserer Nähe zu verbannen; und was für ein Hüter der Ordnung ist er schon? kerzengerade wie er sich hält, kann man ihn leicht bei einem maliziösen Blinzeln ertappen, womit er unsern Blick auf etwas lenkt, schwer zu sagen, ob auf den losen Knüppel, der in seiner Rechten steckt, oder auf die lüsterne Linke, die in seiner Hosentasche steckt; ignorieren wir daher das hochtrabende Anschlagbrett dieses Pharisäers, eine Schwäche wäre es, ließen wir uns von so überlebter Scheinheiligkeit einwickeln, welches Bett ist schließlich reiner als das trockene Stroh unseres Nestes?«, und ich spannte, ohne zu zögern, zusehends meine Muskeln, um mir meine Schneise zu schlagen, die Stange meiner Arme und den Stahl meiner Fäuste, mit der Schneide meines Buschmessers das unwegsame Dickicht zerhauend, den Boden mit der Nadel meines Spornes ritzend, ohne das alte Meßband, doch die Stäbe rammend, meine Nerven spitzend, wie man einen Bleistift spitzt, Rechenkunst treibend mit meinen eigenen Zahlen, kaum in Sorge, das Schrot meines Verstandes könnte mit dem Schrot einer andern Mühle gleichgesetzt werden: »ein geläufiger Umstand ist es, geliebte Ana, den wir stets wie Schlafwandler erleben, der aber in seiner Verschwiegenheit noch immer das größte und älteste Skandalon ist: das Leben vollzieht sich, indem es sich verneint, was gut ist für die einen, ist oft der Tod für die anderen, so daß nur die Toren unter denen, die achtlos auf den Grund geschleudert wurden, von denen, die hoch oben leben, die Elle borgen zum Vermessen der Welt; als Opfer der Ordnung, ich beharre darauf, haben wir, wenn wir dem Feuer dieses Streites entgehen wollen, keine andere Wahl als diese: ruhig unsere Masken schmieden, dem blutroten Weinbodensatz, der unsern Mund bildet, eine höhnische Spitze einzeichnen; und als Antwort auf die Teilung in Vorder- und Kehrseite laßt uns auch die Ausschweifung anrufen und den gesalbten Finger in die Bresche des Universums stecken; wenn die Blumen in den Sümpfen sprießen, können auch wir die Zustimmung derer entbehren, die zur barocken Geometrie des Schicksals keinen Zugang finden; wir können uns die Reinheit der anspruchsvollen Geister nicht leisten, die im Namen der Prinzipienstrenge eine brüchige Situation gegen eine nicht vorhandene eintauschen; ich meinerseits verzichte sogar auf die Kinder, die wir bekommen könnten, doch im alten Haus will ich doppelt die Wonnen dieser heimlichen Liebe genießen«, sagte ich, schon bereit, Hänge zu erklimmen, ich, der ich mich darauf verstand, Pferde zu striegeln, gutes Zaumzeug für sie auszusuchen, ihnen Trab, Schritt und Galopp einzuprägen, gewandt im Sattel, behende mit dem Lasso, dahinpreschend, wenn nötig, ganz zu schweigen davon, daß ich mich auch an junge Fohlen traute und von klein auf ihre Eleganz beurteilen konnte, die straffe Linie ihrer Sehnen, den Stahl der Hufe und die Flamme der Mähnen: »als letztes Mittel, geliebte Ana, rufe ich dich zur Einfachheit auf, ich mahne dich, mir nur reflexhaft und nicht reflektiert zu antworten, ich beschwöre dich, mit mir den uranfänglichen Faden dieser Leidenschaft zu erkennen: wollte der Vater mit seinem strengen Auftreten aus dem Haus einen Tempel machen, so konnte die Mutter mit ihrer überbordenden Zärtlichkeit daraus nur ein Haus der Verderbnis machen«, sagte ich und hob meine Schützenbeine, berührte mit meinen Kentaurenhufen das Deckengebälk und fühlte im Nu mein ungestümes, verderbliches Blut, sogleich bespeichelt von der Wollust des Gottlosen, ich hatte Fett auf den Augen, schwarzen Ruß vermischt mit zähem Olivenöl, es war eine dunkle Paste, die mir die Sicht verdeckte, es war die lüsternste Phantasie, die mir aufschoß in einem einzigen Strahl, und meine fieberglühenden Hände, als sie die gewaltsamen Hemdknöpfe aufrissen und sogleich durch den Hosenschlitz tiefer glitten, waren hochgestimmt auf dem Weg, ihre ursprüngliche Berufung wiederzufinden, waren schon die unvordenklichen Mörderhände, im Begriff, selbstsicher die Regeln eines besudelten Spiels umzukehren, sich zur Süße des Verbrechens zu befreien (was für Orgien!), die Gebetsschreine nach Fleisch und Blut abzusuchen, die anämische Hostie in den Kelch meines Weines zu tauchen, mit meinen Nägeln die Sanftmut der Lilien in die Vasen zu ritzen, meinen Finger der Keuschheit dieses Pergaments einzuprägen, der Geilheit der Nischenheiligen nachzustellen (welche Verschämtheit in dieser Jungfrau mit ihren karminroten Wangen! welche Schnabelhiebe in meine Leber!), mich im Weihrauchnebel zu verirren, um den Dämon zu feiern, den ich vor mir hatte: »mich dürstet, Ana, ich will trinken«, sagte ich, schon von Brandwunden bedeckt, über und über ein Klumpen rohen Fleisches: »ich bin nicht schuld an dieser Wunde, an diesem Krebsgeschwür, dieser Verletzung, bin nicht schuld an diesem Stachel, bin nicht schuld an dieser Verdickung, dieser Schwellung, dieser Eiterbeule, bin nicht schuld an diesem schwulstigen Knochen noch an dem Schleim, der mir aus den Poren sickert, noch an diesem verborgenen und verfluchten Vogelleim, bin nicht schuld an dieser blühenden Sonne, an dieser irrlichternden Flamme, bin nicht schuld an meinem Delirium: eine Perle deines Rosenkranzes für meine Leidenschaft, zwei Perlen für meine Hoden, alle Perlen dieser Schnur für meine Augen, zehn wohlgebetete Rosenkränze für den befallenen Bruder!«, und meinen Geifer gab ich mit Inbrunst frei, ich, der ich die ganze Zeit mit den Händen über meine entgeisterte Haut fuhr, meinen jugendlichen Leib erkundend, um aus der zarten Flora der Pubes ihn hervortreten zu lassen, in einer Wallung voll Launen und Listen, ihn, meinen stolzen, entschlossenen Phallus, und ein wenig tiefer, hängend im Schritt, mir die Innenhand füllend, den derbhäutigen Sack meines Skrotums, das den Urquell all meiner Qualen barg und dessen Speise ich der Schwester mit frommem Eifer anbot, doch Ana blieb teilnahmslos, die Augen endgültig in Heiligkeit verloren, unter dem heißen Kerzenlicht ein kaltes Gipsbild, und ich, von Anbeginn im Aufschlagen meines Sturm begriffen, verfiel für einen Augenblick in dumpfen, aschgrauen Zorn: »ich bin mit Galle durchtränkt, Ana, doch deiner Weigerung weiß ich die Stirn zu bieten, schon trage ich im Gewitterwind beständige Wut, habe hartnäckigen Atem, kenne die Kunstgriffe der Alchimisten, weiß den Schwefel mit Schlangenkraft zu wandeln und weiß im Kessel dem aus Blasen aufsteigenden Dampf die

Kälte des Morgennebels zu geben; ich werde meinen Blick bebauen, darin einen Samen säen, der nicht keimt, es wird eine Erde sein, die nicht fruchtet, ein Boden, der gleich dem Rauhreif das Laub der Bäume, die Blätter der Blüten und das Fleisch unserer Früchte absterben läßt; mitnichten werde ich die Mundwinkel zügeln, wenn die Pest unsere Herden rafft, mitnichten, wenn Ungeziefer die Pflanzungen frißt, werde die Arme verschränken, wenn alle rings in Unruhe fallen, werde denen, die mich um Beistand bitten, den Rücken kehren, werde mir die Augen verdecken, um ihre Wunden nicht zu sehen, mir die Ohren verschließen, um ihre Schreie nicht zu hören, werde mit den Schultern zucken, wenn eines Tages das Haus einstürzt: ich habe meine Freude nicht gefunden, die Welt wird mein Erbarmen nicht finden; lieben und geliebt werden war alles, was ich wollte, doch unangehört wurde ich zur Seite geschleudert, wurde amputiert, schon Teil des Auswurfs, überlasse ich mich fortan mit Leib und Seele dem süßen Schwindelgefühl dessen, der in der ersten Lebensblüte sich als einen schlichtweg erloschenen Menschen ansieht, tatkräftig genug allerdings, um tief den Zeigefinger ins faulige Fleisch des Gerippes zu bohren, und zwischen Daumen und Ringfinger elegante Wendekreise und andere Linien zu schließen und das Skelett dieser Welt in ein Beinhaus zu schleudern; wie nie zuvor gehöre ich ab sofort zu dieser eigenartigen Bruderschaft der Ausgesetzten, der Verbotenen, der Verschmähten, der Unruhigen, der Rastlosen, der Ruhelosen, der sich Krümmenden, der mördergesichtigen Krüppel, die von Kain abstammen (wer hört da nicht das Urhöhlenalter meiner Seufzer?), derer, die ein Mal auf der Stirn tragen, diese ferne, aschgraue Narbe der vom heiligen Neid Gezeichneten, der nach Gleichheit und Gerechtigkeit Dürstenden, derer, die früher oder später am heimlichen Altar des Bösen niederknien, nachdem sie fromm auf seinem Tisch die anspruchlosen Opfergaben niederlegten: eine weiße, kalte Scheibe Fisch, die schwarzen Trauben eines verfallenen Weinspaliers, die einsamen Ziffern der Mathematik, die stummen Saiten einer Laute, eine Handvoll Verzweiflung, und ein feierliches Stück Kohle für seine schöpferischen Finger, ihm, dem Urheber des Gekritzels, dem altbewährten Zeichner des Gekrakels, dem Handwerker, der mit Lebensresten arbeitet, der in seinem Federstrich den ermatteten Willen eines jeden mitzieht, ihm, dem Antreiber der Wandlungen, der uns voranstößt mit seinen Einflüsterungen gegen den Strom, uns die Trommelfelle kratzt mit seinem rauhen, heißen Atem, uns verführt gegen die brüchige Festigkeit der Ordnung, dieses Steingebäudes, dessen Eisengerippe immer, gleich welcher Bauart, auf den schwärenden Schultern der Ächzenden steht, ihm, dem ersten, dem einzigen, dem Souverän, gegen den dein gütiger Gott (eher ein willkürlicher, lausiger und rachsüchtiger Gott) nichts weiter ist als ein Vasall, ein Untertan, ein unzulänglicher Verkünder von Gesetzestafeln, unfähig, zu erkennen, daß seine Gebote die harzigen Brennscheite sind, die die Beharrlichkeit des Ewigen Feuers nähren! mitnichten genügt der Strahl meines Speichels, hemme diesen Brand, solange Zeit ist, schon steigt mir eine neue Welle empor, schon brennt mir eine neue Flamme, schon spüre ich den Drang, deine Heiligen zu pfählen, deine zarten Engel zu spießen, meine Zähne ins Christusherz zu schlagen«, und wieder stürmte ich dahin in pfeilschnellem Lauf, überstürzte mich von heiliger Furie gepackt, überzog mich mit Blasen von Kopf bis Fuß, sabberte die bräunliche Nesselbrühe, blutete die Saftfleischigkeit meines Kaktus, spitzte meine Reißzähne, um den rosaroten Kindersaft zu schlürfen, mit Gebrüll das Familientabernakel zu entweihen (welcher Aufruhr im Kopf, welche Verwirrung, wie viele Scherben, welche Tumulte auf meiner Zunge!), doch schroff wurde ich unterbrochen, Ana erhob sich aus einem heftigen Impuls, mit der Luftschwingung die unschlüssige Flamme der Kerzen zum Flackern und die feuerrote Verstörung der Kapelle ins Torkeln bringend: Entsetzen sah ich in ihrem Gesicht, ein Medusenschrecken war's, der allmählich wich, und gleich darauf, in ihren Augen, empfand ich zutiefst die liebende Schwester, die um mich fürchtete und um mich litt und um mich weinte, und ich, noch eben mich ins Ritual dieser uralten Glut werfend, das immer schon mit Goldlettern in den Rücken der geheiligten Bücher eingraviert war, verleibte mir jäh die schweigende Traurigkeit des Universums ein, die immer schon in schwarzen Strichen den Augen des Opferlamms eingraviert war, und sah mich plötzlich auf einer breiten Grabplatte liegen, umringt von schweigenden Kallas, schon schlief ich in einer Landschaft mit Zypressenhecken, es war eine violette Geometrie, welche die Dichte unbewohnter Fluren wahrte, »ich sterbe, Ana«, sagte ich, heiserer Teilnahmslosigkeit ergeben, vom kalten Nebel umhüllt, der langsam von der Decke sank, und hörte die Elegie der mit dem Winde seufzenden Kasuarinen, und hörte zugleich einen sonderbaren Stimmenchor und ein langgezogenes Waldhornseufzen und ein rhythmisches Amboßhämmern und Fußeisenrasseln und ersticktes Gelächter, »ich sterbe« wiederholte ich, doch Ana war schon nicht mehr in der Kapelle.

21

Niedergestreckt vor der Kapellentür, den Rücken gebeugt, das Gesicht auf die Erde gedrückt, den Nacken unter einem dunklen Himmel, fühlte ich mich zum erstenmal in dieser Welt allein; ach! Pedro, mein geliebter Bruder, in welchem Gebäude der Alter es auch sei, in Höhen, die nur Pfeile seltener Insekten erreichen, um diesen Turm herum Kreuze fügend, immer ist an der Spitze, erkennbar am forschenden Auge einer geduldigen Eule, die Nacht der Höhlungen, die auf mich wartet; immer ist in diesem Gebäude, errichtet auf luftigen, von sonderbaren Harzen triefenden Säulen, in den obersten Fenstern eine Trauergebärde in der Schwebe; und das letzte Fenster, das sich hinauslehnt zu schütteren Nebelschwaden und farblosen Schemen dort, wo ich meine Staubfäden und meine Fühler aufstelle, meine Radare und meine Schmerzen, um den Raum und die Zeit in ihrer ruhigsten, stillsten, vollständigsten Ansicht zu erfassen; nie habe ich gezweifelt, daß in derselben rollenden Krümmung, derselben fallenden Schwerkraft, derselben brüchigen Bauart ein durchscheinender blauer Hauch ist, die letzte Atemblase, vorhanden in jedem morgenfrischen Blatt, in jeder Feder vor dem Flug, dicht und hängend wie der Tau; doch statt die Stufen jenes Turms zu ersteigen, könnte ich schlicht aus dem Haus gehen und fortziehen, die Ländereien der Fazenda hinter mir lassend; es waren dies gleichfalls Dinge göttlichen Rechts, heilige Dinge, die Mauern und die Tore der Stadt.

Heimkehr

»Verboten sind euch: eure Mütter, eure Töchter, eure Schwestern,
. . . .«

(*Der Koran* – Sure IV, 23)

22

»... und je dicker ihre Schale, um so lastender der Schutz dieses Schildes, sie wähnen sich gepanzert, verzehren sich aber vor Angst, verstecken sich vor den andern, ohne zu erkennen, daß sie ihre eigenen Augen verkümmern lassen, machen sich zu Gefangenen ihrer selbst und argwöhnen es nicht einmal, tragen in der Hand den Schlüssel, vergessen aber, daß er aufschließt, und zwanghaft grämen sie sich über ihre persönlichen Probleme, ohne Heilung zu finden, denn sie verschmähen die Arznei; die Weisheit liegt eben darin, sich nicht in diese enge Welt einzuschließen: in der Bescheidenheit gibt der Mensch seine Eigenheit auf, um in einer übergeordneten Einheit aufzugehen, der er seine Größe verdankt; durch die Familie allein soll ein jeder zu Hause seine Existenz erweitern, durch Hingabe an sie soll ein jeder zu Hause seine eigenen Probleme zur Ruhe bringen, durch Wahrung der Familieneintracht soll ein jeder zu Hause in den Genuß der erhabensten Belohnungen kommen; unser Gesetz lautet nicht: sich voneinander zurückziehen, sondern aufeinander zugehen, lautet nicht: trennen, sondern vereinen, wo einer ist, soll auch der Bruder sein ...« (Aus den Tischpredigten.)

23 Pedro hatte seine Sendung erfüllt und brachte mich zum Schoß der Familie zurück; eine lange Strecke war's, gezeichnet von harter Eingezogenheit, wir beide verschlossen während der gesamten Zeit, die wir gemeinsam unterwegs waren und in der ich wie ein Kind mich von ihm führen ließ; es war schon dunkel, als wir eintrafen, die Fazenda schlief in abgeschiedenem Schweigen, das Haus lag in Trauer, die Lichter gelöscht, ausgenommen eine fahle Helligkeit hinten im Hof, Widerschein des Eßzimmerlichtes, denn die Familie saß noch um den Tisch beisammen; wir traten über die vordere Veranda ein, und kaum hatte mein Bruder die Tür geöffnet, als das Geräusch einer auf den Teller gelegten Gabel, gefolgt von einem gedämpften, doch erregten Stimmengewirr, Auftakt war zu einer beängstigenden Erwartung, die sich im ganzen Hause einnistete; noch dort im Wohnraum trennte ich mich von Pedro, trat in mein altes Zimmer, während er mit einem Schritt, der den Gläserschrank vibrieren ließ, in den Flur zum Eßzimmer tauchte, wo die Familie ihn erwartete; ich ließ mich auf den Rand meines alten Bettes fallen, das Gepäck zwischen meinen Füßen hingeworfen, und mich umfingen sogleich die häuslichen Gerüche, die mir beim Einatmen schändliche, verstümmelte Bilder wachriefen und mich rasch in wirre Gedanken stürzten; im Wechsel so vieler Vorstellungen ging mir auch durch den Kopf, mit welcher Anstrengung Pedro vor den andern seinen Schmerz verbarg, vielleicht ihn als Reiseerschöpfung tarnte; unmöglich könnte er beim Bericht über meine Rückkehr durchblicken lassen, ein Besessener kehre mit ihm heim; er würde sich sehr verstellen müssen, um die Freude und den Jubel in den Augen meines Vaters nicht zu verderben, der denen, die um ihn waren, alsbald verkünden würde, »der, welcher verloren war, ist heimge-

kehrt, der, um welchen wir weinten, ist uns zurückgegeben«.

Erschrocken über die erhitzte Munterkeit, die den hinteren Teil des Hauses plötzlich erfaßte und rasch über die Nerven der Wände um sich griff, mit einer Mischung von Reden, Lachen und Schluchzen, stand ich benommen auf, um die Tür zu schließen, als zugleich jenem ganzen Ausbruch der Gefühle durchs Wort des Familienoberhauptes, wie es schien, Einhalt geboten wurde; und ich hörte noch ein Schweigen voll nachhallender Schwingungen, als die Tür geöffnet und das Licht in meinem Zimmer angezündet wurde und in all seiner ländlichen Majestät die Gestalt meines Vaters erschien und würdevoll auf mich zuschritt; schon aufgestanden und zu Boden blickend und die Dichte seiner Gegenwart vor mir leidend, spürte ich mit einemmal auf meinem Kopf seine gütigen Hände, wie sie mein Haar bis zum Nacken strichen, langsam meine Schultern hinunterglitten, und schon hielten seine mächtigen Arme meine Brust gegen seine Brust gedrückt, und er nahm mein Gesicht zwischen seine Hände, um mir die Stirn zu küssen; und wieder hielt ich die Augen zu Boden gesenkt, als er sprach, feucht und feierlich:

»Gesegnet sei der Tag deiner Rückkehr! Unser Haus lag darnieder, mein Sohn, doch nunmehr füllt es sich wieder mit Freude!«

Und als er mich mit verhaltener Zärtlichkeit angeblickt und lange meine zerrütteten Züge gemustert und mir das Gespräch angekündigt hatte, das wir ein wenig später führen würden, wenn alles ruhiger geworden sei, auch mich gemahnt, das Wiedersehen mit der Mutter solle gemessen verlaufen und ihr vor allem die Erinnerung an die Tage meines Fortseins ersparen, gebot mir der Vater, ich solle mir den Straßenstaub vom Leibe waschen, bevor ich mich an den

Tisch setzte, den mir die Mutter soeben richte. Und er hatte sich kaum entfernt, da stürmten meine Schwestern lärmend zur Tür herein und warfen sich mir entgegen, hängten sich mir an den Hals, liebkosten mir das Haar, küßten mir immer wieder das Gesicht, streichelten mir Brust und Rücken über dem Hemd und lachten und weinten, und alles dies unter hastigen, ja überstürzten Ausrufen, und enthüllten mir unvermittelt, Ana, seit meinem Weggang von solcher Frömmigkeit erfüllt, sei auf der Stelle, kaum habe sie die Nachricht vernommen, zur Kapelle geeilt, um für meine Rückkehr zu danken, und aus demselben Grunde sei das Haus schon ganz erleuchtet, jeder hätte seinen Gefallen an soviel Licht, der auf der Landstraße vorüberkäme, und gleich schon, einen Tag vor dem Ereignis, würden die Zurüstungen für mein Osterfest beginnen und noch an demselben Abend würden Einladungen hinausgehen an alle, an unsere Nachbarn samt den Verwandten und Freunden dort im Städtchen, und dies sei für die Familie die größte je empfangene Gnade, denn meine Heimkehr bringe all die verlorene Freude doppelt zurück, und voll Wärme und Begeisterung zogen sie mich an den Armen dort aus meinem Zimmer, und ich, ganz verdüstert, mit Mühe meine abstoßenden Augen verbergend, ließ mich von ihnen durchs Wohnzimmer führen, während sie voll Zärtlichkeit mir Scherzworte zuflüsterten, und kaum im Flur angekommen, schoben sie mich in die Badestube, setzten mich gleich auf die Kiste, und während Rosa, hinter mir stehend und über meinen Rücken gebeugt, ihre Arme vor meinen Schultern kreuzte, um mir das Hemd zu öffnen, waren Zuleika und Huda, kniend über meine Füße gebeugt, bemüht, mir Schuhe und Strümpfe abzustreifen, und ich dort, der Fürsorge vieler Hände anvertraut, erkannte immer deutlicher den mich umfangenden Eifer, schon war das heiße Wasser im Blecheimer wohltemperiert, die Kanne daneben, das Badetuch aufgehängt, eine bei uns seltene essenzduftende Seife bereitgelegt, das ausgetretene Pantoffelpaar bereitgestellt, dazu der Schlafanzug, sauber und gebügelt, den ich bei meinem Weggang unterm Kopfkissen vergessen hatte, und schon war ich an Brust und Füßen entblößt, da glitten die Schwestern hurtig hinaus, und während Rosa, die älteste, die Tür von außen zuzog, mahnte sie mich, ich hätte nur fünf Minuten, um wieder vor den Augen der Familie zu erscheinen, und in der Zwischenzeit würden sie die Mutter noch besser aufs Wiedersehen vorbereiten.

Verwirrt vom Wirbel der Liebkosungen, obschon ein wenig erfrischt vom Wasser, verließ ich Minuten später das Bad und empfand die Weichheit des baumwollenen Schlafanzugs, die Füße bequem in den schlaffen Pantoffeln, den diskreten Wohlgeruch der Seife auf meiner Haut. Rosa erwartete mich im Wohnzimmer allein, saß grübelnd da, offenbar ohne mich gleich beim Betreten des Flurs zu bemerken, doch sobald sie mich sah, kam sie mir entgegen, beglückwünschte mich zum Bad, zog mich ins Wohnzimmer, das Gesicht von einem stillen Lächeln gesänftigt, sie, die so Vernünftige: »Hör gut zu, Andrula: die Mutter braucht Rücksicht, sie ist nicht mehr dieselbe, seitdem du fortgezogen bist; sei großherzig, mein Bruder, verschließ dich nicht vor ihr, wenigstens sprich mit ihr, doch sprich nicht von traurigen Dingen, das ist alles, worum ich dich bitte; und jetzt geh zur Mutter, sie ist dort im Eßzimmer und wartet auf dich, geh schnell; währenddessen helfe ich dein Fest für morgen richten, Zuleika und Huda treffen schon erste Anstalten, sie sind ganz außer sich vor Freude! Gott hat unsere Gebete erhört!« sagte sie, und da fühlte ich im Rücken den lieblichen Druck ihrer Hand, mich zum Eintauchen in den Flur ermunternd, dem Eßzimmer entgegen, und ich war schon auf halbem Wege, als mir auffiel, daß, obgleich überall die Lichter brannten, selbst in den Schlafzimmern, das Haus in Schweigen lag, innerlich leer, die Familie folgte gewiß dem Rate Pedros, dessen überzeugungskräftiges Wort der Autorität des Vaters nahekam und Gehör fand: ich sei ein Leidender, bedürfe besonderer Rücksicht und Schonung in den ersten Stunden, und zudem hatten alle den guten Vorwand, in aller Eile Anstalten für mein Fest zu treffen.

In der Eßzimmertür blieb ich stehen: eifersüchtig über die Veränderungen wachend, streng die Stille anzeigend, hing dort unsere ehrwürdige Wanduhr, jeden Augenblick bei verständiger Arbeit; dort stand der alte Tisch, solide, massiv, um den die Familie vereint alle Tage ihre Nahrung einnahm; eines seiner Enden, eine Ecke nur, war mit einem weißen Tuch bedeckt, und darauf stand die Mahlzeit, die mich erwartete; neben dem Tischende stand, reglos ihre füllige Gestalt, die Mutter, vor den Augen ein entfaltetes Taschentuch, das sie, meine Gegenwart ahnend, sinken ließ; und da erst konnte ich erkennen, dem Lichtglanz in ihren Augen zum Trotz, wieviel Verheerung ich in jenem Antlitz angerichtet hatte.

24

Dies waren unsere Plätze bei Tisch in der Stunde der Mahlzeiten oder auch in der Stunde der Predigten: der Vater am oberen Ende; zu seiner Rechten kam, dem Alter nach, zuerst Pedro, dann Rosa, Zuleika und Huda; zu seiner Linken kam die Mutter, dann ich, Ana und Lula, das Nesthäkchen. Der Ast zur Rechten war eine natürliche Fortentwicklung des Stammes von den Wurzeln auf; der zur Linken aber trug ein Stigma, eine Narbe, als sei die Mutter, mit welcher der zweite Ast begann, eine Anomalie, ein krankhafter Auswuchs, ein dem Stamm aufgepfropftes Reis, unheilvoll vielleicht vor lauter Gefühlsüberladung; man hätte wohl sagen können, die Tischordnung (es waren Launen der Zeit) kennzeichne die beiden Linien der Familie.

Der Großvater, solange er lebte, nahm das andere Tischende ein; selbst nach seinem Tode, der ungefähr mit dem Umzug vom alten Haus ins neue zusammenfiel, wäre es übertrieben zu behaupten, sein Stuhl sei leer geblieben.

25

»Es preßt mir das Herz, dein Gesicht so gezeichnet zu sehen, mein Sohn; das ist die Ernte dessen, der das Haus eines verschwenderischen Lebens halber verläßt.«

»Verschwendung gab es auch bei uns zu Hause.«

»Wie das, mein Sohn?«

»Verschwendung hat es immer an unserm Tisch gegeben.«

»Unser Tisch ist maßvoll, ist nüchtern, es gibt dort keinen Überfluß, außer an Festtagen.«

»Doch essen wir immer mit Appetit.«

»Appetit ist erlaubt, er schmälert unsere Würde nicht, sofern er gemäßigt bleibt.«

»Doch wir essen, bis er verschwunden ist; so ist jeder Hausgenosse stets vom Tisch gegangen.«

»Eben um unseren Appetit zu befriedigen, beschenkt uns die Natur und hängt ihre Früchte in unsere Reichweite, sofern wir arbeiten, um sie zu verdienen. Wäre nicht der Appetit, hätten wir keine Kräfte, uns die Nahrung zu verschaffen, die uns überleben läßt. Der Appetit ist geheiligt, mein Sohn.«

»Ich habe nicht das Gegenteil behauptet, viele allerdings arbeiten, ächzen immerzu, erschöpfen ihre Kräfte, tun alles Erdenkliche, doch es gelingt ihnen nicht, ihren Hunger zu stillen.«

»Merkwürdige Dinge sprichst du da, mein Sohn. Niemand darf verzweifeln, oft ist es nur eine Frage der Geduld, es gibt kein Warten ohne Lohn, wie oft habe ich euch nicht die Geschichte vom Hungrigen erzählt?«

»Auch ich habe eine Geschichte, Vater, auch sie ist die Geschichte eines Hungrigen, der täglich schuftete von früh bis spät, ohne jemals seinen Hunger besänftigen zu können, bis sein Leib sich vom vielen Verrenken schließlich umbog und er mit den Zähnen seine eigenen Fußspitzen berührte; als einer, der um den Preis so vieler Wunden überlebt hat, konnte er die Welt nur hassen.«

»Du hast hier immer ein Dach über dem Kopf gehabt, ein gemachtes Bett, saubere und gebügelte Wäsche, Tisch und Speisen, Geborgenheit und viel Zuneigung. Nichts hat dir gefehlt. Aus all diesen Gründen laß diese Geschichten von Hungrigen auf sich beruhen, denn keine von ihnen paßt hierher, und sie machen alles sehr merkwürdig, was du sprichst. Gib dir einen Ruck, mein Sohn, werde deutlicher, verstell dich nicht, verbirg deinem Vater nichts, auch preßt es mir das Herz, soviel Verwirrung in deinem Kopf zu sehen. Damit die Menschen sich verstehen, müssen sie Ordnung in ihre Gedanken bringen. Wort zu Wort, mein Sohn.«

»Alle Ordnung trägt einen Samen der Unordnung, die Klarheit einen Samen der Dunkelheit, aus keinem anderen Grunde spreche ich, wie ich spreche. Ich könnte mich klar ausdrücken und beispielsweise sagen, niemals bis zu dem

Augenblick, da ich das Gegenteil beschloß, war mir der Gedanke gekommen, das Haus zu verlassen; ich könnte mich klar ausdrücken und des weiteren sagen, daß mir niemals, weder vor noch nach meinem Auszug, der Gedanke gekommen war, ich könnte dort draußen finden, was man mir hier drinnen vorenthalten hat.«

»Und was hat man dir vorenthalten?«

»Ich wollte meinen Platz am Tisch der Familie.«

»Darum also hast du uns im Stich gelassen: weil wir dir einen Platz am Tisch der Familie vorenthalten hätten?«

»Nie habe ich euch im Stich gelassen, Vater; alles was ich wollte, als ich das Haus verließ, war, euch einen schändlichen Anblick ersparen: wie ich um den Preis meiner eigenen Eingeweide überlebte.«

»Gleichwohl hat das Brot allezeit auf dem Tisch gestanden und das Bedürfnis eines jeden Mundes gleichermaßen gestillt, und niemals wurde dir verboten, zusammen mit der Familie Platz zu nehmen, im Gegenteil, alle haben gewünscht, in der Stunde des Brotteilens möchtest du niemals fehlen.«

»Nicht von dieser Speise rede ich, an der Teilung nur dieses Brotes teilzuhaben kann in gewissen Fällen schlicht eine Grausamkeit sein: sein Verzehr würde nur taugen, meinen Hunger zu verlängern; müßte ich nur dafür zu Tisch, würde ich lieber nach einem bitteren Brot greifen, das mir das Leben verkürzte.«

»Wovon redest du da?«

»Tut nichts zur Sache.«

»Du sprachst in Lästerungen.«

»Nein, Vater, es waren keine Lästerungen, zum erstenmal im Leben habe ich wie ein Heiliger gesprochen.«

»Du bist leidend, mein Sohn, einige wenige Tage Arbeit an der Seite deiner Geschwister sollen den Hochmut deines

Wortes brechen und dir rasch die Gesundheit wiedergeben, deren du bedarfst.«

»Mich kümmert fürs erste die Gesundheit nicht, von der Sie sprechen, es existiert darin der Same eines Leidens, so wie in meiner Krankheit der mächtige Same der Gesundheit existiert.«

»Es liegt kein Nutzen darin, unsere Gedanken zu verheddern, vergiß deine Bockigkeiten, mein Sohn, halte deinen Vater nicht von der Erörterung deiner Probleme ab.«

»Ich glaube nicht an die Erörterung meiner Probleme, glaube nicht mehr an Meinungsaustausch, bin überzeugt, Vater, daß eine Pflanze niemals die andere erkennt.«

»Miteinander reden ist äußerst wichtig, mein Sohn, jedes Wort ist doch ein Same; unter den menschlichen Dingen, die uns zum Staunen bringen, steht an erster Stelle die Kraft des Wortes; es geht dem Gebrauch der Hände voraus, liegt jedem Handeln zugrunde, gedeiht und breitet sich aus und dauert fort, sofern es gerecht ist.«

»Ich gebe zu, man kann gegenteiliger Ansicht sein, aber selbst wenn ich zehn Leben lebte, die Ergebnisse eines Dialogs wären für mich im Augenblick ihrer Ernte immer verspätete Früchte.«

»Selbstsüchtig ist es, typisch für die Unreifen, beim Säen nur an die Früchte zu denken; nicht die Ernte ist der höchste Lohn für den, der den Boden bestellt; uns wird beim Säen schon genug entgolten mit dem Sinn unseres Lebens, unsere Prämie erhalten wir schon beim Genuß der langen Schwangerschaft, uns wird schon ein weiterzugebendes Gut zuteil, indem wir das Warten an künftige Generationen weitergeben, denn tiefe Lust liegt im Glauben selbst, wie auch Wärme in der Ruhe des Vogels liegt, der die Eier in seinem Nest ausbrütet. Und so viel Leben kann im Samen sein und so viel Glaube in den Händen des Sämanns, daß ein erhabenes Wunder geschieht: vor Jahrtausenden ausgestreute Körner sind, wenn auch ohne zu keimen, noch nicht zugrunde gegangen.«

»Niemand lebt vom Säen allein, Vater.«

»Gewiß nicht, mein Sohn; wenn andere einst ernten werden, was wir heute säen, so ernten wir andererseits von dem, was man vor uns gesät hat. So ist der Lauf der Welt, dies ist das Band des Lebens.«

»Das kann mich nicht mehr begeistern, heute weiß ich, wozu dieses Band imstande ist; jene, die säen und davon nichts ernten, ernten gleichwohl von dem, was sie nicht angebaut haben; von diesem Erbe, Vater, habe ich meinen Anteil nicht bekommen. Warum die Welt vorwärtsbringen? Sind mir schon die Hände gebunden, werde ich mir aus freien Stücken nicht auch noch die Füße binden; wenig ist mir deshalb an der Richtung der Winde gelegen, ich sehe keinen Unterschied mehr, es ist einerlei, ob es vorwärts geht oder rückwärts geht.«

»Ich will das wenige nicht glauben, was ich davon verstehe, mein Sohn.«

»Von einem Häftling darf niemand erwarten, daß er gern im Haus des Kerkermeisters dient; genauso absurd wäre es, Vater, von einem, dem wir die Glieder amputiert haben, eine herzliche Umarmung zu verlangen; abwegiger ist nur die Erbärmlichkeit des Krüppels, der in Ermangelung seiner Hände die Füße benutzt, um seinem Folterknecht zu applaudieren; er handelt offenbar mit der sprichwörtlichen Geduld des Ochsen: zusätzlich zum Gewicht des Joches verlangt er, man möge ihm den Hals noch fester zwischen die Pflöcke klemmen. Noch häßlicher wird der Häßliche, der sich dem Schönen beugt ...«

»Sprich weiter.«

»Und noch ärmer wird der Arme, der dem Reichen applaudiert, noch kleiner der Kleine, der dem Großen applaudiert, noch gedrungener der Gedrungene, der dem Hochgewachsenen applaudiert, und so fort. Unreif oder nicht, ich erkenne keine Werte mehr an, die mich erdrücken, ich finde es ein trauriges So-tun-als-ob, in der Haut anderer Leute zu leben, und verstehe ebensowenig, wie man die Nachäfferei seitens der Unbemittelten für etwas Edles halten kann; das Opfer, das lautstark seinem Bedrücker zustimmt, begibt sich in doppelte Gefangenschaft, es sei denn, es spiele diese Pantomime aus Zynismus.«

»Sehr merkwürdig ist, was ich da höre.«

»Merkwürdig ist die Welt, Vater, die sich nur vereint, indem sie sich entzweit; auf Zufällen errichtet, hat keine Ordnung Bestand; nichts Verlogeneres gibt es als das Verdienst, und nicht ich habe diesen Samen gesät.«

»Ich sehe nicht, wie all diese Dinge zusammenpassen, noch weniger sehe ich, warum sie dich derart umtreiben. Was willst du mit alledem sagen?«

»Gar nichts will ich sagen.«

»Du bist verstört, mein Sohn.«

»Nein, Vater, ich bin nicht verstört.«

»Wen meintest du?«

»Niemand Bestimmtes; ich dachte nur an die rettungslos Enttäuschten, an die vor Hitze, Durst und Einsamkeit Schreienden, an die keineswegs grundlos Ächzenden; nur an sie habe ich immer gedacht.«

»Ich will dich verstehen, mein Sohn, doch ich verstehe nun gar nichts mehr.«

»Ich vermenge Dinge beim Sprechen, ich verkenne diese Umwege nicht, es sind die Worte, die mich treiben, doch ich bin bei klarem Verstand, Vater, ich weiß, wo ich mir widerspreche, womöglich trete ich fehl, erwecke vielleicht den Eindruck, als geriete ich aus der Bahn, und ist in alledem Spreu, so versichere ich dir, Vater, es sind darin auch viele ganze Weizenkörner. Verwechsle ich manches, so verirre ich mich doch niemals und erkenne für mich selbst den Faden in dem, was ich sage.«

»Doch deinem Vater unterschlägst du Klarheit.«

»Ich habe schon gesagt, ich glaube nicht, daß meine Probleme sich erörtern lassen, auch bin ich überzeugt, daß es sehr gefährlich ist, das Innerste aufzubrechen, die Larve scheint mir nur weise, solange sie sich in ihrem Kokon birgt, und ich sehe nicht, woher sie ihre Kraft nimmt, wenn sie ihr Gehäuse sprengt; sie krümmt sich zwar, macht Verwandlungen durch, doch all diese Mühe taugt nur, der Welt ihre Zerbrechlichkeit vorzuführen.«

»Hör auf mit deiner leichtfertigen Art, die Dinge zu sehen: stark ist, wer sich der Wirklichkeit stellt; auch leben wir im Familienverband, den nur ein Wahnsinniger für ein feindseliges Milieu erachten würde.«

»Stark oder schwach, das hängt davon ab: die Wirklichkeit ist nicht dieselbe für alle, und wie Ihnen nicht verborgen ist, Vater, fault von den Eiern stets das nicht befruchtete; die Zeit ist freigebig und großzügig, doch den Ungeborenen gibt sie das Leben nicht zurück; den von Anbeginn Besiegten, der schon im Samen tauben Frucht, den Niedergeworfenen, die niemals aufgerichtet wurden, ihnen allen bleibt keine andere Wahl als diese: der Welt den Rücken zu kehren oder die Erwartung allumfassender Vernichtung zu nähren; was mich betrifft, so weiß ich nur dies eine, daß jedes Milieu feindselig ist, sobald es einem das Lebensrecht verweigert.«

»Du erschreckst mich, mein Sohn; ohne dich zu verstehen, verstehe ich gleichwohl, du redest unsinniges Zeug: in diesem Hause herrscht keine Feindseligkeit, hier verweigert dir niemand das Lebensrecht, etwas so Absurdes darf dir nicht einmal durch den Kopf gehen.«

»Das ist Ansichtssache.«

»Zügle deinen üblichen Mutwillen, gib nicht solche Widerworte, damit du deinen Vater nicht verletzt. Das ist mitnichten Ansichtssache! Wir alle wissen, wie ein jeder daheim sich führt: ich und deine Mutter haben immer für euch gelebt, der Bruder für den Bruder, niemals hat dem, der dessen bedurfte, der Beistand der Familie gefehlt!«

»Sie haben mich nicht verstanden, Vater.«

»Wie soll ich dich verstehen, mein Sohn? Starrsinn liegt in deiner Verweigerung, und auch das verstehe ich nicht. Wo fändest du einen geeigneteren Ort, um die Probleme zu besprechen, die dich bekümmern?«

»Nirgendwo, am allerwenigsten in der Familie; unser Zusammenleben war trotz allem immer brüchig, hat nie gewisse Grenzen zu überschreiten erlaubt; Sie selbst haben es soeben gesagt, jedes Wort ist eine Same: es bringt Leben, bringt Energie, es kann sogar eine Sprengladung mit sich führen: große Gefahren gehen wir ein, wenn wir sprechen.«

»Nimm die Worte, die ich an dich richte, nicht mit Argwohn und Leichtsinn auf, du weißt sehr wohl, in diesem Hause kannst du auf unsere Liebe bauen!«

»Die Liebe, die wir hier gelernt haben, Vater, sehr spät erst habe ich erkannt, daß sie nicht weiß, was sie will; diese Unentschiedenheit macht sie zu einem zwiespältigen Wert, der heute nichts weiter ist als ein Stolperstein; anders als gemeinhin angenommen, führt Liebe nicht immer zusammen, Liebe kann auch entzweien; und es wäre durchaus nicht unsinnig zu folgern, daß Liebe in der Familie vielleicht doch nicht die Größe hat, die man ihr zuschreibt«.

»Genug der Überspanntheiten, geh diesen Weg nicht weiter, deine Urteile taugen nichts, Anarchie steckt in deinem Denken, zieh einen Schlußstrich unter deine Anmaßung, sei schlicht beim Gebrauch des Wortes!«

»Für mich sind dies keine Überspanntheiten, obgleich es

mir nicht mehr darauf ankommt, ob ich dies oder jenes sage, doch da Sie nun einmal dieser Auffassung sind, was nützte es mir, wäre ich schlicht wie die Tauben? Legte ich einen Ölzweig auf diesen Tisch, könnten Sie darin schlichtweg eine Brennessel sehen.«

»An diesem Tisch ist kein Platz für Provokationen, leg deinen Hochmut ab, bändige die Natter unter deiner Zunge, höre nicht auf das Gemurmel des Dämons, antworte mir, wie es sich für einen Sohn gehört, sei vor allem bescheiden in deiner Haltung, sei eindeutig, wie es sich für einen Mann gehört, mach ein für allemal Schluß mit dieser Verwirrung!«

»Wenn ich verwirrt bin, wenn ich größere Klarheit meide, Vater, dann weil ich die Verwirrung nicht mehren will.«

»Schweig! Nicht aus dieser Quelle kommt unser Wasser, nicht aus dieser Finsternis kommt unser Licht, mitnichten wird dein stolzes Wort jetzt einreißen, was in Jahrtausenden aufgebaut worden ist; niemand in unserm Hause soll mit vermeintlicher Tiefe sprechen und den Platz der Wörter verändern, die Gedanken durcheinanderbringen, die Dinge in Staub auflösen, denn jene, die zu weit die Augen öffnen, ernten schließlich nur ihre eigene Blindheit; niemand in unserm Hause soll sich zu der Behauptung versteigen, er leide unter einem Übermaß an Licht, das gleich der Dunkelheit uns erblinden lasse; niemand in unserm Hause soll ferner dem eine neue Richtung geben, was nicht umzulenken ist, niemand soll je verwechseln, was nicht zu verwechseln ist, den Baum, der gedeiht und Früchte trägt, mit dem Baum, der keine Früchte trägt, den Samen, der fällt und sich mehrt, mit dem Korn, das nicht keimt, unsere alltägliche Schlichtheit mit einem Denken, das nichts hervorbringt; hüte daher deine Zunge, ich habe es schon einmal gesagt, keine zügellose Gescheitheit soll die Familiensitten verseuchen! Nicht Liebe, wie ich dachte, sondern Hochmut, Verachtung und Ichsucht haben dich zurück nach Hause geführt!«

Wieviel Bitterkeit lag in meines Vaters Zorn! Und welche Grille von mir, ihm das Gerippe eines Denkens vorzulegen, ein paar Knochenfetzen auf dem dafür unpassenden Tisch zu zerkleinern, die so winzig waren vor der machtvollen Kraft seiner Gestalt am oberen Ende der Tafel. Eingesunken, wie ich war, empfand ich augenblicklich im Rücken die Gegenwart der Mutter, die, von der wütenden Auseinandersetzung dort im Eßzimmer zur Küchentür gerufen, gewiß zu meinen Gunsten eingreifen wollte; selbst ohne mich umzuwenden, konnte ich deutlich die Herzensangst in ihrem Angesicht lesen, als sie mit kummervollen Augen meinen Vater beschwor: »Genug, Iohána! Schone unsern Sohn!«

»Ich bin müde, Vater, verzeihen Sie mir. Ich sehe meine Verwirrung ein, sehe ein, ich habe mich nicht verständlich gemacht, doch jetzt werde ich klar sein in dem, was ich sage: mein Herz ist nicht stolzgeschwellt, wie Sie glauben, bescheiden und ergeben kehre ich heim, ich habe keine Einbildungen mehr, nun weiß ich, was Einsamkeit ist, nun weiß ich, was Elend ist, weiß jetzt auch, Vater, nicht einen Schritt hätte ich fort von unserer Tür tun dürfen; von nun an will ich sein wie meine Geschwister, werde mich diszipliniert den Aufgaben widmen, die künftig mir zugewiesen werden, werde vor Tau und Tag auf den Äckern eintreffen und sie erst lange nach Sonnenuntergang verlassen; werde die Arbeit zu meiner Religion machen, werde die Müdigkeit zu meinem Rausch machen, ich helfe unsere Eintracht wahren, will aufrichtigen Herzens, Vater, all deine Liebe verdienen.«

»Deine Worte öffnen mir das Herz, geliebter Sohn, ich fühle auf diesem Tisch ein neues Licht, fühle meine Augen sich netzen vor Freude und daher rasch den Kummer schwinden, den du mit dem Verlassen des Hauses angerichtet hast, und rasch den Alptraum schwinden, den wir jüngst durchlebten. Einen Augenblick hatte ich sogar gedacht, ich hätte einst gestampften Boden eingesät, Geröll oder gar ein Dornenfeld. Morgen feiern wir den, der blind war und der das Augenlicht wiedergewonnen hat! Geh jetzt dich ausruhen, mein Sohn, die Reise war lang, die Aufregung war groß, ruh dich aus, geliebter Sohn.«

Und mein vorgeblicher Rückzug im Disput mit dem Vater war bald ein zweites Mal belohnt: unversehens wurde mein Kopf von den Händen der Mutter umfaßt, die schon hinter meinem Stuhl stand; knabengleich überließ ich mich dem Druck jener dicken Finger, die eine meiner Wangen gegen den uralten Ruheplatz ihres Busens preßten; sich beugend knetete sie ihre Augen, Nase, Mund auf mir und atmete geräuschvoll den Duft meiner Haare ein, mit fremder Zunge dort jene zärtlichen Worte einstreuend, mit denen sie mich von Kind auf immer beschenkt hatte: »meine Augen«, »mein Herz«, »mein Lamm«; in dieser Wiege zurückgelassen, sah ich den Vater hinausgehen auf den Hof, würdevoll, als spiele sich all dieser Gefühlsüberschwang hinter seinem Rücken ab; dasselbe Haumesser in der Faust, mit dem er soeben ins Eßzimmer gekommen war, würde er jetzt wieder zu meinen Schwestern treten, die rings um den rohgezimmerten Tisch in munterer Geschäftigkeit aufgingen, dort hinten unter dem Ziegeldach, wo sie das Fleisch für mein Fest vorbereiteten; und dorthin hielt ich die Augen gerichtet und fragte mich nach den Gründen für meine Kehrtwende, ohne gleichwohl die verdächtigen Umrisse meiner Heimkehr nachzeichnen zu können, als ich jenseits des Hofes, ein Stück weit schon im dunklen Wald, Pedros Schattenbild bemerkte: mit gesenktem Kopf ging er zwischen den Baumstämmen umher, langsamen Schrittes, er schien verdüstert, verschlossen.

26

Mein Vater pflegte zu sagen, Leiden bessere den Menschen, entwickle seinen Geist und verfeinere sein Empfindungsvermögen; je größer der Schmerz, gab er zu verstehen, um so eher erfülle Leiden seinen vornehmsten Auftrag; die Widerstandskraft eines Menschen schien er für unerschöpflich zu halten. Meinerseits lernte ich recht früh, wie schwer der Punkt zu bestimmen ist, an dem unser Widerstand endet, sehr früh lernte ich auch, diese Kraft als den stärksten Charakterzug des Menschen zu betrachten; doch meinte ich, wenn es möglich sei, der – aufs äußerste gespannten – Saite einer Laute höchsten Wohlklang zu entlocken (also angenommen, es komme zu mehr als einem melancholischen oder gar schrillen Geschrammel), so könnte doch niemand ihr den geringsten Ton abringen, würde sie bis zum Zerreißen überdehnt. So zumindest dachte ich bis zum Abend meiner Heimkehr, ohne jemals vorher zu ahnen, man könne einer zersprungenen Saite noch immer einen anderen Ton entlocken (was nur den mutmaßlichen Glauben meines Vaters bestätigte, ein Mensch, auch wenn er gebrochen sei, habe seine Widerstandskraft noch lange nicht verloren, obschon durch nichts bewiesen war, daß sein Empfindungsvermögen weiterhin zunähme).

27

Ana hatte ich noch nicht zu Gesicht bekommen, als ich schlafen ging (leicht war zu verstehen, daß sie bei der Nachricht von meiner Heimkehr in die Kapelle geflohen war), ebensowenig wie meinen jüngeren Bruder, denn ich hatte nicht aus meinem Schweigen zu treten gewagt, um nach ihm zu fragen. Als ich in mein Zimmer kam, war ich ein wenig befremdet, doch nicht überrascht, Lula im Bett zu sehen, er lag auf der Seite mit dem Gesicht zur Wand, von Kopf bis Fuß mit einem weißen Laken bedeckt. Das Zimmer schlummerte im stillen Halbdunkel, die Helligkeit, die das Haus umfing, diffus, trat, gefiltert von den durchbrochenen Fensterläden, noch ruhiger herein; ich machte kein Licht, ich fand mich mühelos zurecht, und außerdem hatte ich, seit dem Bad schon im Schlafanzug, nur weniges zu tun: die Tür hinter mir schließen, mein Gepäck in eine Ecke stellen, die Pantoffeln abstreifen und dann ins Bett schlüpfen: müde vom Ersteigen der Gebirge, alles was ich wollte, war ebener Rasen, mit Schlaf mich betäuben, alle meine Träume, alle meine Alpträume schlafen, anderntags mit klaren Augen erwachen, hoffentlich imstande, wie der Großvater sagte, »schon im Morgengrauen einen weißen von einem schwarzen Faden zu unterscheiden«.

Beim Mustern des Gepäcks bemerkte ich sogleich das Fehlen der Schachtel, die mit dem Rucksack gekommen war, doch maß ich dem keine Bedeutung bei, obgleich sie unübliche Dinge enthielt, dieselben Dinge, die ich, unter Hochspannung, vor Pedros verlegenen Augen in jenem fernen Pensionszimmer ausgebreitet hatte; der Sisalstrick lag hingeworfen da, und mich ärgerten die dreisten Hände, die ihn abgerissen hatten, ohne den Knoten zu lösen (so etwas tat man zu Hause niemals), um die Schachtel nach einem hastigen Blick auf ihren Inhalt beiseite zu schaffen; auf dem

Bettrand sitzend, sammelte ich mechanisch die Schnur wieder ein und spulte sie, wie mein Vater zu tun pflegte, an den Fingern auf, als mir der Gedanke kam, womöglich um Lulas pubertäre Gelüste zu befriedigen, sei dieser Diebstahl begangen worden; als ich über die Schulter zum andern Bett hinüberschaute, wurde mir augenblicklich klar, Lula stellte sich nicht nur schlafend, sondern gab mir mit ziemlich kecken Bewegungen auch zu verstehen, daß er nicht schlief; und wenn er auf der Seite lag, der Wand zugekehrt, und mir ostentativ den Rücken zuwandte, dann eben in der Absicht, mir seine Geringschätzung zu demonstrieren; ich verharrte gut und gern einige Minuten, um den unschuldigen, unablässigen Liebreiz zu ergründen, womit er immer wieder gegen das ihn deckende Laken kleine Pfotenschläge führte, bis ich aufstand, um mein Bett herumging und mich zu ihm auf den Bettrand setzte: nun rührte sich sein Laken nicht mehr, vielmehr vernahm ich unversehens ein tiefes Schlafgeräusch; ein wenig verdutzt über diese Zerstreuung, die das alles mir zu bereiten anfing, führte ich meine Hand an seine Schulter:

»Lula! Lula!«

Zögernd nur enthüllte Lula seinen Kopf und schaute mich an, ohne sich umzuwenden, irgend etwas Feindseliges brummend, als wäre er soeben geweckt worden, ohne gleichwohl seine Genugtuung verbergen zu können.

»Warst du eingeschlafen?«

»Natürlich! Hast du denn nicht gesehen, daß ich geschlafen habe?«

»Ich wollte nämlich ein bißchen mit dir sprechen, bloß deshalb hab ich dich geweckt.«

»Sprechen worüber?«

»Ich bin jetzt wieder zu Hause, Lula.«

»Na und?«

»Ich dachte, das würde dich freuen.«

»Wieso mich freuen?«

»Keine Ahnung, hab's mir eben gedacht.«

»Hast falsch gedacht.«

»Wenn das Gespräch so läuft, sollten wir's lieber gleich bleiben lassen.«

»Du hättest gar nicht erst anfangen sollen, gute Nacht.«

Und Lula zog sich erneut das Laken über den Kopf, um seinen Stolz zu wahren, doch es kam von ihm kein Schlafgeräusch und auch keine Regung, er wartete gewiß auf einen neuen Vorstoß meinerseits, offenbar vom sehnlichen Wunsch erfüllt, mit mir zu sprechen, er, dessen Augen stets auf mich geheftet waren (ich wußte es nicht) und dem meine Schritte ein schlechtes Beispiel gaben, laut Pedro.

»Was ist los mit dir, Lula?« sagte ich in einer Anwandlung von Zärtlichkeit. »Ich will als Freund mit dir sprechen, das ist alles.«

»Was ist los ... was ist los ... das fragst du noch«, sagte er, ohne den Kopf zu enthüllen, »schon über eine Stunde warte ich hier auf dich, wenn du es genau wissen willst. Eine Stunde! Und jetzt kommst du mir an mit diesem Freundesgerede ...«

»Das wußte ich nicht, Lula.«

»Wußte ich nicht ... wußte ich nicht ... wo sollte ich denn sein, wenn du mich noch nicht gesehen hattest? Bestimmt nicht auf der Weide, mitten unter den Hammeln ...«, und er suchte sein Sträuben zu mildern, gab aber nicht nach.

»Ist schon recht, Lula, dann gute Nacht«, sagte ich, und ich war noch nicht aufgestanden, da drehte er sich unverhofft um, das Laken fortschleudernd und seine Brust enthüllend, setzte sich auf, ans Kopfteil des Bettes gelehnt, und platzte erhitzt und trotzig mit einem Geheimnis heraus:

»Ich werde das Haus verlassen, André, morgen, wenn dein Fest in vollem Gange ist, aber das erzähle ich bloß dir.«

»Sprich leise, Lula.«

»Ich halte dieses Gefängnis nicht mehr aus, ich halte Vaters Sermone nicht mehr aus, nicht die Arbeit, die man mir aufträgt, nicht Pedros Aufsicht über alles, was ich tue und lasse, ich will Herr meiner eigenen Schritte sein; ich bin nicht dazu geboren, hier zu leben, ich ekle mich vor unseren Herden, ich mag nicht auf dem Acker arbeiten, nicht, wenn die Sonne scheint, und erst recht nicht, wenn es regnet, ich halte den Stillstand des Lebens nicht mehr aus auf dieser widerwärtigen Fazenda …«

»Sprich leise, ich hab's dir schon einmal gesagt.«

»Kaum warst du weg, André, da saß ich die ganze Zeit hoch auf dem Gatter und träumte von Landstraßen, ließ meine Blicke schweifen, so weit ich konnte, nichts als dein Abenteuer hatte ich im Sinn … Viele Städte will ich kennenlernen, diese ganze Welt will ich durchstreifen, meinen Brotbeutel mit einem Rucksack vertauschen, ein Wanderer werden, der von Stadt zu Stadt zieht und die Straßen kreuzt wie ein Vagabund; auch will ich die verbotensten Orte kennenlernen, solche, wo die Diebe sich treffen, wo man nur um Geld spielt, wo man viel Wein trinkt, wo man allen Lastern frönt, wo die Verbrecher ihre Verbrechen aushecken; werde mit Frauen verkehren, will bekannt sein in den Bordellen und in den Gassen, wo die Bettler schlafen, will andersartige Dinge tun, meinem eigenen Leib etwas gönnen, nie gehabte Erregungen haben; und wenn die Gemütlichkeit der Nacht mich langweilt, werde ich aufs Geratewohl durch dunkle Straßen ziehen, werde den Frühtau auf mir spüren, werde ausgestreckt auf einer Gartenbank den Tag anbrechen sehen; dies alles will ich erleben, André, ich werde das Haus verlassen, um die Welt zu umarmen, werde ausziehen, um nie mehr zurückzukehren, werde keinem Mahnruf folgen, ich habe Mut, André, ich werde nicht versagen wie du …«

Angestaute Flut (welche Strömung, wieviel Unruhe!) war es, was aus jener Jünglingsphantasie emporquoll und sehnlich drängte, ihre Poesie und ihre Schwärmerei auszugießen, mein Einverständnis war es vielleicht, was er wollte, nachdem er seine Abenteuerideen zu Ende geschildert hätte, und während ich all jenen – mit sinnlosen Entfernungen aufgeblähten – Phantastereien lauschte, dachte ich zunehmend auch daran, ihm die langen Wimpern zu senken und ihm zärtlich zu sagen, »schlaf, Junge, schlaf«; doch nicht, um ihm die Augen zu schließen, reckte ich den Arm und strich mit der Hand über seine glatte Brust: eine weiche, warme Haut fand ich dort, das Relief einer Lilie; und meine unwägbare Bewegung entschlüpfte in jenem schwülen Ruhegemach allmählich der Lenkung, schon glitt sie unüblich forschend tiefer und nötigte Lula, seine Rede unvermittelt abzubrechen, indessen seine Fohlenbeine sein Schweigen wettmachten und sich wieder ungebärdig unter dem Laken regten; wie ich aufwärts strich, kam ich mit dem Handrücken an sein bartloses Antlitz, die Wangenbällchen fieberten schon; in seinen Augen mischten sich Kühnheit und Verstellung im Wechsel von Vorstoß und Rückzug wie in gewissen altbekannten Augen, und die seinen waren, ohne den leisesten Schatten eines Zweifels, die ursprünglichen Augen Anas!

»Was machst du da, André?«

Gefangen im alten Tempel, die Füße noch salzbedeckt (was für Vorboten eines Aufruhrs!), hielt ich die Hand auf den jungen Vogel gestreckt, der eben noch gegen die bunte Fensterscheibe flatterte.

»Was machst du da, André?«

Den zweideutigen Protest ließ ich ohne Antwort und empfand immer verwirrender den jähen Weihrauchnebel, der zusehends das Zimmer füllte, Drehungen, Spiralen und Wirbel bildete und den Hall der munteren, lärmenden Arbeit dämpfte, dort unten im Hof um den Tisch, wo etliche Nachbarn sich soeben eingefunden hatten. Anderntags würde mein Fest sein, und im übrigen hatte ich mein Urteilsvermögen bis zur Morgendämmerung vertagt, abgesehen davon daß die Frühe kalten Tau über Lulas schönes Haar gießen würde, wenn er ebenfalls den Weg vom Haus zur Kapelle ginge.

28

Die Erde, der Weizen, das Brot, der Tisch, die Familie (die Erde); in diesem Kreislauf, sagte der Vater in seinen Predigten, sind Liebe, Arbeit, Zeit.

29

Die Zeit, die Zeit, die Zeit und ihre entflammbaren Fluten, dieser breite Strom, der unentwegt fließt, träge und windungsreich, er selbst ein Kenner seiner Wege, der aus unterschiedlichen Himmelsgegenden die trübe Brühe der Nebenflüsse wie auch das feuerrote Blut anderer Wasserwege sammelt und filtert, um mit ihnen die mystische Vernunft der Geschichte zu konstruieren, stets duldsam gegen die Eitelkeit derer, die, arme und verworrene Werkzeuge, das Verdienst beanspruchen, ihm die Richtung zu geben, obschon keineswegs befugt, mit ihm um das Bett zu streiten, worin sie, die Geschichte, fließen soll, und noch weniger befugt, gegen die Strömung zu strömen, wehe demjenigen, pflegte der Vater zu sagen, der mit den Händen seine Bewegung aufhalten will: er wird von seinen Wassern verschlungen; wehe demjenigen, der, ein Zauberlehrling, sein Hemd zum Kräftemessen aufknöpft: er wird in seinen Flammen umkommen, denn jeder Wandel darf, bevor man seinen Namen auszusprechen wagt, allenfalls angedeutet werden; die Zeit, die Zeit, die Zeit und ihre Veränderungen, stets eifersüchtig wachend übers höchste Werk und, erpicht auf Gestaltung bis ins Feinste, stets versessen aufs geringfügigste Zusammenspiel, zugegen an jeder Stelle, auf jeder Handbreit, in jedem Korn, zugegen auch mit ihren Momenten in jedem Buchstaben dieser Geschichte meiner Passion, um die dunkle Nacht meiner Heimkehr in einen Morgen voller Licht zu verwandeln, seit der Frühe den Schauplatz für meine Osterfeier herzurichten, schlau und spielerisch die bäuerliche Landschaft ums Haus zu retuschieren, unsere noch feuchten Wiesen zu durchduften, die Farben unserer Blumen zu steigern, erfindungsreich die Linien ihres Lehrsatzes zu ziehen, ganze Taubenschwärme unter ein riesiges blaues Fallsieb zu locken, seit den frühesten Stunden unsere Nachbarn und die Großfamilien unserer Verwandten und Freunde dort aus der Kleinstadt zur Fazenda zu laden, darunter redselige Spaßvögel und ausgelassene Kinder, die ein übermütiges Tollen und Lärmen anzettelten; und schon trugen Zuleika und Huda, von Freundinnen unterstützt, frohgemut Korbflaschen voll Wein herbei, füllten wiederholt der Reihe nach alle Gläser, gossen lachend in alle Leiber das vorher abgeklärte, edle Blut, das stets mit überschwenglichen Beifallsbekundungen entgegengenommen wurde, Vorboten praller Freude, und wenn im Wäldchen hinter dem Haus, unter den höchsten Bäumen, die mit der Sonne das heitere, zarte Spiel aus Licht und Schatten fügten, der Duft gebratenen Fleisches sich unter den zahllosen Blättern der mächtigsten Baumkronen verflüchtigt hatte, dann also wurde das zuvor auf dem stillen Rasen ausgebreitete Tuch aufgehoben, und ich konnte so zurückgezogen, seitab an einen Stamm gelehnt, die geschäftigen Zurüstungen zum Tanz verfolgen, das rastlose Hin und Her jenes Schwarms von Burschen und Mädchen, darunter meine Schwestern in ihrer Landmädchenart, angetan mit ihren hellen, leichten Kleidern, voll der Liebesversprechen, die in der Reinheit größerer Liebe aufgehoben waren, wie sie anmutig daherliefen, den Wald mit Lachen erfüllten und dort, wo das Tischtuch gelegen hatte, die Obstkörbe niedersetzten, worin die Honig- und Wassermelonen, unter Freudenrufen zerteilt, und die Weintrauben und Orangen, in den Obsthainen gepflückt, in all ihrer Üppigkeit wohlangeordnet inmitten dieses Waldplatzes die Losung zum Tanze gaben, und erhaben war diese Freude, wenn die sinkende Sonne sich durch Blätter und Zweige drängte und dann und wann über den stillen Schatten einen ätherischen Schimmer göttlichen Lichtes ausschüttete, das warm in jenen feuchten Gesichtern widerleuchtete, und als erster begann sich der Reigen der Männer zu formen, mein Vater mit aufgekrempelten Ärmeln bemüht, die Jüngeren zusammenzubringen, alle faßten sich straff bei den Armen, kreuzten fest ihre Finger mit den Fingern ihrer Nachbarn, fügten um die Körbe voller Früchte das geschlossene Rund eines Reigens gleich dem deutlichen, starken Rund eines Ochskarrenrades, und alsbald zog mein alter Onkel, ein alter Einwanderer, Hirte aber in seiner Kindheit, aus der Tasche die Flöte hervor, zarter Halm in seinen schweren Händen, und wie ein Vogel begann er sie zu blasen, seine Backen blähten sich wie die Backen eines Kindes, und sie blähten sich so sehr, so sehr, und mit seinem blutroten Gesicht erweckte er den Eindruck, als lasse er all den genossenen Wein aus den Ohren wie aus Zapfhähnen sprudeln, und zum Klang der Flöte begann die Runde, fast stockend, sich schwerfällig in Bewegung zu setzen, zuerst in einer Richtung, dann in der Gegenrichtung, langsam ihre Kraft erprobend in einem harten Hin und Her, dessen dumpfen, kraftvollen Rhythmus die Füße männlich gegen den Boden stampften, bis mit einemmal die Flöte sich emporschwang, verzaubert den Wald durchdrang, über blühende Gräser flog und Viehweiden querte, und die Runde, nunmehr vibrierend, wurde immer schneller und vollführte ganze Drehungen, und schon war sie nicht mehr das Rad eines Ochsenkarrens, vielmehr ein großes Mühlrad, das sich geschwind in einem Sinn drehte und zum wieder anhebenden Klang der Flöte im Gegensinn kreiste, und die anwesenden Älteren und auch die auf ihren Augenblick wartenden Mädchen, sie alle klatschten, den neuen Rhythmus zu verstärken, und als es am wenigsten zu erwarten war, trat Ana (die alle noch in der Kapelle wähnten) ungeduldig wie ein Sturmwind auf, die losen, lavasprühenden Haare auf einer Seite durch ein Blutgerinnsel leicht angeheftet (welch provozierende Asymmetrie!), vom Scheitel bis zur Sohle ein Zurschaustellen üppiger Ausschweifung, fettroter Weinbodensatz an der Stelle des Mundes, ein Kohlefleck über dem Kinn, die violette, samtene Halsschleife enggeschnürt, eine welke Stoffblume, die aus dem klaffenden Spalt zwischen den Brüsten hing, Reifen an den Armen, Ringe an den Fingern, andere Gebinde um die Fesseln, so eroberte Ana, behangen mit dem weltlichen Flitter aus meiner Schachtel, mein Fest im Sturm, den tanzenden Kreis mit der Pest im Leib durchmessend, selbstgewiß ihre freche Verluderung dort in die Mitte tragend, die bestürzten Blicke bannend, in jedem Mund einen Schrei erstickend, für einen Lidschlag die Gebärden lähmend, doch alle überwältigte sie mit ihrem heftigen Lebenstrieb, und auf der Stelle konnte ich, der mir jäh die Augen verdunkelnden Fettpaste zum Trotz, ihre präzis gesetzten Zigeunerinnenschritte inmitten des Reigens erahnen, ihr geschmeidig gewundenes Gebärdenspiel zwischen den Körben voll Früchten und Blumen, wie sie die Erde mit nichts als den bloßen Zehenspitzen berührte, mit erhobenen Armen langsam sich schlängelnd zum langsameren, wogenderen Trillieren der Flöte, hoch über dem Haupt die anmutig kreisenden Hände, ganz Ausbund wilder Eleganz, ihre wohltönenden Finger wie Kastagnetten schnippend und so auf ihren Ursprung deutend, während die Runde um sie herum immer geschwinder zu kreisen anhob, immer sinnverwirrender, und von außen die Hände heißer und lauter klatschten, und Ana, immer ungestümer geworden und alle magnetisch bannend, raubte unversehens einem der Burschen das weiße Tuch aus der Tasche, ließ es mit erhobener Hand und schlängelnden Körperbewegungen über ihrem Kopfe flattern, sie wußte, wie man es macht, diese meine Schwester, zunächst das Natterngift im Versteck unter der Zunge wohlversteckt zu halten und dann in die Weintraube zu beißen, die voll speichelpraller Beeren hing, während sie in aller Mitte tanzte, das Leben aufwühlend, Schmerzen aufstörend, Schreie der Verzückung entreißend, und gleich darauf begannen in fremder Zunge die schlichten Verse aufzusteigen, fast ein Hymnus, angestimmt von den Älteren, und ein blutjunger, kreuzfideler Vetter, von der Strömung mitgerissen, ergriff zwei Topfdeckel und schlug sie als schrilles Becken, und herbeigelockt vom ansteckenden Klang, wie es schien, kamen die Reiher und Enten vom See geflogen, um ihnen allen dort im Wäldchen Gesellschaft zu leisten, und Ana, immer verwegener, immer frecher, erfand ein neues Bravourstück und streckte ihren Arm, und mit berechneter Grazie (welch wandlungsfähiger Dämon!) raubte sie einem der Umstehenden sein Glas, um über ihren nackten Schultern den langsam rinnenden Wein auszugießen, die Flöte zu einem eiligen, schmachtenden Rückzug zu nötigen und den Beifallssturm der sie Umringenden zu entfachen, die dumpf emporsteigende Stimme eines heiligen und zugleich irdischen Chores, es war die wirre Kommunion der Freuden, Sehnsüchte und Qualen, sie wußte zu verblüffen, diese meine Schwester, wußte ihren Tanz zu feuchten, ihr Fleisch zu tränken, meine Zunge im liturgischen Honig jener Wabe zu strafen, mitleidlos mich in einen eigentümlichen Rausch zu schleudern, mich zuckend und einstig zu machen, mich mit bestürzender Hellsicht meine Beine auf der einen Seite und die Arme auf der anderen sehen zu lassen, so daß all meine amputierten Glieder einander suchten in der früheren Einheit meines Leibes (bei dieser Erkundung würde ich mich wieder zusammenfügen! welche Salzlake in meinen Wunden, welch tief heilsame Glut in meinem Taumel), und ich war gewiß, ja gewisser denn jemals, für mich und nur für mich tanzte sie (welche Kehrtwenden die Zeit vollführte! welcher Knochen, welch verderblicher Stachel, welche Glorie für meinen Leib!), und ich, der ich dasaß auf einer vorspringenden Wurzel im tiefsten Waldesdunkel, ließ den durch die Bäume streichenden Wind mir ins Hemd wehen und die Brust schwellen, und auf meiner Stirne fühlte ich die freie Liebkosung meiner Haare, und in dieser scheinentspannten Haltung stellte ich mir von fern die frische Haut ihres lavendelduftenden Gesichtes vor, ihr Mund ein süßer Fruchtschnitz voll Zärtlichkeit, Geheimnis und Gift in ihren Dattelaugen, und meine Blicke hielten nicht länger an sich, ich schnürte die Schuhe auf, streifte die Socken ab und schob mit meinen weißen reinen Füßen nach und nach das dürre Laub beiseite und gelangte darunter zur dichten Humusschicht, und mich überkam eine unbezähmbare Lust, den Boden mit bloßen Fingernägeln aufzugraben und mich in diese flache Grube zu legen und mich ganz mit feuchter Erde zu bedecken, und ich, auf diesem verborgenen Pfade, bemerkte anfangs kaum, was vor sich ging, verschwommen gewahrte ich Pedro, der, bisher immerzu schweigsam, jetzt mit sinnverstörten Augen überall suchend um sich blickte, blinde Schritte durch jenes elektrisierte Jahrmarktvolk tat – die Flöte tollte entfesselt in den Lüften, die Schlange tollte im Bauche selbst –, und wie ich aufstand, sah ich meinen Bruder, als er den Vater entdeckte, noch wahnsinniger werden, auf ihn zuschießen, ihn am Arm packen, ihn mit einem Ruck fortreißen, ihn an den Schultern rütteln, ihm eine finstere Enthüllung zubrüllen, in seine Ohren einen Irrsinnssamen säen, es war die so schmerzhafte Wunde, es war der Schrei, es war sein eiternder Schmerz (armer Bruder!); und damit seine eingefädelte Machenschaft sich erfüllte, hielt die Zeit in raffiniertem Zusammenspiel die Zeiger an: schimpfliche Ströme machten es sich an verschiedenen Stellen bequem, dörrten im Vorbeiziehen die Lüfte, entblätterten unsere Bäume, rösteten, zu Boden gesunken, das Wiesengrün, färbten unsere hervorstehenden Steine rostig, besetzten frühreife Räume, um sogleich in majestätischer Einsamkeit etliche Kakteentürme aufzurichten: die edle Stirn meines Vaters, er selbst noch weinfeucht, erglänzte für einen Augenblick im warmen Sonnenschein, als sein Antlitz sich über und über mit jähem, finsterem Weiß überzog, und von nun an entglitten alle Zügel und entlud sich der Blitz in unseliger Schnelle: die Sense fand sich griffbereit, und die Zusammenstehenden mit seiner Zornesschärfe spaltend, traf mein Vater mit einem einzigen Hieb die orientalische Tänzerin (welch tiefgeahntes Rot, welch tiefhohles Schweigen, welch tiefschändliche Kälte in meinen Augen!), das Unglück hätte nicht diese Schwere, wäre ein Schaf entflammt oder irgendein anderes Glied der Herde in Raserei gestürzt, doch der Patriarch selbst, in seinen Satzungen verletzt, war von göttlicher Wut besessen (armer Vater!), es war der Wegweiser, es war die feierliche Tafel, es war das Gesetz, was in Brand geriet – diese sehnige, greifbare, so konkrete Materie war nicht fleischlos, wie ich dachte, sie hatte Substanz, worin Rotwein floß, sie war blutvoll, harzig, herrschte drückend über unsere Schmerzen (unsere arme Familie, Gefangene so handfester Gespenster!); und aus der Grabesstille, die nach jener Tat hereingebrochen war, erscholl zunächst, wie bei einer Niederkunft, ein Urgewimmer

Vater!

und aus einer andern Kehle ein hohles Heulen, verzweiflungsvoll

Vater!

Und von allen Seiten, von Rosa, von Zuleika und von Huda, dasselbe hilflose Ächzen

Vater!

es war ein erdrosseltes Blöken

Vater!

Vater!

Wo ist unsere Zuflucht wo unser Schutz?

Vater!

und von Pedro, hingestreckt auf die Erde,

Vater!

und Lula sah ich, dies so früh verstörte Kind, sich auf dem Boden wälzen

Vater! Vater!

wo die Eintracht der Familie?

Vater!

und

ich sah die Mutter, verloren in ihrer Besinnungslosigkeit, sich die Haare händevoll ausraufen, grotesk ihre Schenkel entblößen, die violetten Schnüre ihrer Krampfadern enthüllen, mit ihrer Steinfaust sich gegen die Brust schlagen

Iohána!

Iohána! Iohána!

und vergeblich war alle Hilfe, und jeglichen Trost verschmähend, zwischen jenen flüsternd zusammenstehenden Gruppen umherirrend wie zwischen Trümmern, begann die Mutter in ihrer eigenen Zunge zu jammern und stimmte eine jahrtausendalte Wehklage an, die noch heute an den ärmeren Gestaden des Mittelmeeres geläufig ist: voller Kalk, voller Salz waren jene rauhen Worte, voll des sandigen Wüstenschmerzes.

30

(Zum Gedenken an meinen Vater gebe ich seine Worte wieder: »und bei Gelegenheit, zwischen dringlicheren Beschäftigungen, soll ein jeder auf einer Bank niedersitzen, einen der Füße fest auf den Boden stemmen, das Rückgrat beugen, den Ellenbogen aufs Knie stützen und dann, in Höhe des Kinns den Kopf auf dem Handrücken ruhen lassen und milden Auges der Bewegung der Sonne und des Regens und der Winde folgen, ebenso milden Auges auch der geheimnisvollen Handhabung anderer Werkzeuge folgen, welche die Zeit geschickt bei ihren Verwandlungen nutzt, und niemals soll er ihre unerforschlichen, verschlungenen Absichten zu ergründen trachten, ebensowenig, wie man beim Ritt über weite, flache Flächen nach den Gründen für die gewundenen Wege unter den Hufen fragt, welche die Herden auf den Weiden gezogen haben: denn immer geht das Vieh zum Brunnen.«)

Der Leser, am Ende dieses aufwühlenden und vielschichtigen Buches angelangt, das ihn ebenso fasziniert und befremdet haben mag wie der rauschhafte, dionysische, abrupt beendete Tanz die Festgäste im vorletzten Kapitel, findet im Epilog einen Ruhepunkt, der ihm die Hoffnung gibt, diese ganz neu erzählte Geschichte vom Verlorenen Sohn im Rückblick ein wenig ordnen zu können. Dabei weiß er, daß es nicht darum geht, eine schlüssige Deutung für ihre vielen Rätsel zu finden. Wäre dies möglich, hätte der Verfasser die Auflösung einer christlich-libanesischen Bauernfamilie, die in beinahe fundamentalistischer Strenge und Absonderung von ihrer brasilianischen Umgebung lebt, nicht als fiktive Autobiographie erzählt, sondern zu dieser Thematik vielleicht eine Reportage oder eine sozialpsychologische Abhandlung geschrieben.

Willig, wenn auch oftmals verwundert mag der Leser sich dem Sog dieses lyrischen Romans voll dramatischer Höhepunkte überlassen haben, dem bald gemäßigt fließenden, bald sich überstürzenden Strom der Bilder, Geräusche, Düfte, Gedanken, Träume, Trunkenheiten, der bald kraftvollen und schroffen, bald feinnervigen und geschmeidigen Prosa, dem einschmeichelnden, suggestiven Klang und Rhythmus der endlos aufeinanderfolgenden Wörter und Teilsätze, deren grammatikalische und logische Bezüge oft in der Schwebe bleiben. Bis in seelische Tiefenschichten zielt die Inszenierung von Grundsituationen menschlicher Existenz, die dem Leser durch Lektüre, Ahnung oder Erfahrung bekannt vorkommen, doch im Alltag selten ins Bewußtsein treten. Dies schmale Buch verströmt eine Unbedingtheit der Glücks- und Freiheitssehnsucht, die auch an einer weniger starren Ordnung scheitern müßte, aber niemals desavouiert und widerlegt werden könnte, weil sie zum Kern des Menschseins gehört. Nicht weniger unbedingt ist die Qual der unvermeidlichen Enttäuschung, ja schon der Schrecken über die Maßlosigkeit des eigenen Verlangens. Kaum eine Anwandlung, kaum ein Jubel, kaum ein Schauder oder Ekel, kaum eine Empörung, Erschütterung oder Falschheit der menschlichen Seele, kaum andererseits eine Hemmung, Zensur, Unterdrückung, kaum ein Konflikt oder Zusammenprall, die hier nicht angedeutet würden oder gewaltsam zum Ausbruch kämen. Ohne Lebenshunger und Leidenschaft gibt es kein wirkliches Leben, aber ohne Schranken und Unterwerfung durch innere und äußere Instanzen keine Herausbildung eines Ichs und keine Gemeinschaft und also auch kein Menschsein, wir alle wissen es, aber so eindrücklich und anschaulich wie in diesem Roman wird es uns selten vor Augen und Ohren geführt.

Begeisterung und Leiden am Leben schließen in fast pantheistischer Weise alles Lebendige ein, das Pflanzliche und Animalische innerhalb und außerhalb des Menschen, die Erde, die Fauna und Flora, die Blumen und Bäume, die Landschaft und Landwirtschaft, wo Natur und Kultur einen Stoffwechsel eingehen, in dessen Mittelpunkt das Brot steht, leibliches, gesellschaftliches und spirituelles Lebens-Mittel.

Allerdings fordert das Hermetisch-Befremdliche in Stil und Komposition die Aufmerksamkeit, Einbildungskraft und Mitarbeit des Lesers in besonderer Weise heraus: die oft harten, vermittlungslosen Übergänge zwischen den Handlungs- und Bewußtseinssequenzen, die dadurch bedingten traumartigen Leerstellen, Sprünge und Brüche im Erzählfluß, die Hyperrealität und zugleich Surrealität der Szenen, das Flirrende der knapp und flüchtig evozierten Wirklichkeitsfragmente, deren kulturspezifischen Hintergrund der deutsche Leser kaum kennen kann, die aber selbst vielen

Brasilianern fremd sind. Fragen werfen auch die schemenhaften Konturen von Zeit und Raum auf, die sich dem raschen Zugriff des Verstandes ebenso widersetzen wie das Unfeste, Zwiespältige, Vieldeutige, Schillernde vieler Wörter und Satzkonstruktionen, das mit dem Proteischen, Wandelbaren, Widersprüchlichen der Gefühle, Beziehungen, Identitäten korrespondiert. Verblüffend die Kühnheit von Metaphern und Symbolen, die unüblichen Bedeutungen üblicher Wörter, die ungewöhnlichen Wortverbindungen, etwa zwischen Substantiv und Adjektiv oder Verb und Objekt, welche die gängigen Wortsolidaritäten ignorieren und den Eindruck eines Verrutschens von Zusammengehörigem erzeugen. Auffällig die vielen seltenen Vokabeln, offenbar ihres Klanges und ihrer Exotik wegen gewählt, die halb zitierten oder abgewandelten Redensarten, die Regionalismen, Archaismen, Arabismen. Vertraut und fremd zugleich die zahlreichen Anklänge und Anspielungen an die griechische Mythologie, an das Alte wie das Neue Testament, den Katholizismus, den Islam, an Kultur und Lebensgefühl der Levante, an die abendländische Literatur und Kultur schlechthin. Immerhin versucht die Übersetzung, durch maßvolles und behutsames Einfügen von Wörtern, die Hintergrundinformationen vermitteln, manche Rätselhaftigkeiten zu mildern, um dem deutschsprachigen Leser den Zugang zu erleichtern.

Dieser verdichtende und verknappende und dennoch überbordende, wortverliebte, barocke Stil, der oft die Regeln der Syntax und der Zeichensetzung sprengt und bei aller historischen, regionalen, sozialen, situationsbedingten Durchmischung auf dem Kothurn daherkommt, konkret, sinnlich, doch zugleich alltagsfern und gehoben, ohne Berührungsangst vor Rührung oder Pathos, mag – trotz der vom Autor mitgelieferten metasprachlichen Kritik und Ironie – nicht jedermanns Sache sein. Vor allem die deutsche Literatur tendiert seit dem Zweiten Weltkrieg dazu, allen Gefühlsüberschwang und alle Feierlichkeit dem Generalverdacht der Rührseligkeit, Hohlheit oder Demagogie zu unterwerfen. Das ist historisch verständlich, kann aber dazu führen, daß heftige, tiefe und starke Gefühle fast nur noch in der Oper, im Hollywoodfilm oder im Fußball vorkommen. Andererseits sind es vielleicht gerade die für uns befremdlichen Qualitäten, denen *Das Brot des Patriarchen* seine überregionale und überzeitliche Ausstrahlung verdankt.

Bei aller Komplexität ist dieser fast novellenartig gestraffte Roman in seinem äußeren Aufbau denkbar einfach: Drei lebensentscheidende Szenen mit zahllosen Unterszenen drängen sich dem Ich-Erzähler André ins Bewußtsein und machen ihn fast zu einem von Erinnerungen und Worten Getriebenen: erstens der Nachmittag, da sein älterer Bruder Pedro ihn, den damals siebzehnjährigen Familienflüchtling, in einer Provinzpension aufstöberte, um ihn heimzuholen; sodann die abendliche Ankunft der beiden Söhne auf dem väterlichen Hof; drittens die mit dem Osterfest zusammenfallende Willkommensfeier am folgenden Tag, die eine tragische Wendung nimmt. Inmitten dieser Erinnerungen, die aus einer Mischung von Erzählerbericht, mehrfach verschachtelten Gesprächen sowie den als Predigten bezeichneten väterlichen Lehr- und Mahnreden bestehen, finden sich immer wieder eingestreute Erinnerungsfragmente an die Zeit vor dem Auszug des Erzählers aus dem Vaterhaus. Diese vergegenwärtigen besonders die sich zuspitzende Liebesbeziehung zwischen André und seiner Schwester Ana sowie seinen Konflikt mit dem Vater, reichen aber bis in die Kindheit zurück und werfen Schlaglichter auf die Geschichte der Familie mit ihren drei Söhnen und vier Töchtern. Es liegen also drei, allerdings nicht immer deutlich geschiedene Zeitebenen vor: zunächst die der Niederschrift, durch Klammern angedeutet und nur indirekt erschließbar, vermutlich Jahre nach dem erzählten Geschehen anzusiedeln; sodann die der Adoleszenz des Ich-Erzählers, in der sich die dreitägige äußere Handlung und die unmittelbare Vorgeschichte abspielen; schließlich die des zarten Knabenalters. Wie in einem analytischen Drama, etwa dem *König Ödipus* von Sophokles, haben die zur Katastrophe führenden Ereignisse bereits vor Handlungsbeginn stattgefunden und werden allmählich in den Dialogen – mehr oder weniger deutlich – enthüllt.

Zurück zum Epilog, von dem sich der Roman überblicken läßt. Auf die lyrischen Stimmungsbilder und dramatischen Konvulsionen in Andrés Gemüt, auf die Streitgespräche, Verstrickungen und tragischen Kollisionen zwischen den Familienmitgliedern folgt ähnlich wie im barocken und nachbarocken Theater eine Apotheose, hier das lebende Bild eines Denkers. Wenn dieses uns vertraut erscheint, dann weil es eine Reprise ist, ähnlich wie das Fest unter den Bäumen und so vieles andere in diesem zyklisch gebauten Roman. Denn die Mahnung des Vaters zu einer kontemplativen Körper- und Lebenshaltung stand schon am Ende der großen Tischpredigt im neunten Kapitel, abgesehen davon, daß sie auch an Rodins berühmte Skulptur erinnert. In dieser zentralen Predigt beschwor der Patriarch die Tugend der Geduld und die Eintracht der Familie, zu verstehen als Gehorsam gegenüber der Zeit – im Portugiesischen als ›o tempo‹ männlichen Geschlechtes –, dem obersten Lenker und Richter aller Dinge, als Schicksal oder Gott interpretierbar, andererseits diesem übergeordnet. Von der Zeit und von Gott leitet der Patriarch seine Herrschaft ab. Wenn die Familie sich dreimal täglich am Tisch versammelt, um das vom Vater verteilte Brot zu verzehren und seine Predigten zu hören, ist stets die Wanduhr zugegen und im Geiste auch der verstorbene Großvater, der mit seiner unheimlichen Taschenuhr und seiner Wortkargheit wie ein unerbittlicher Überpatriarch, ein Kronos erscheint, von keinem Zeus und keinem Christus überwunden.

Zwar verschafft der Rekurs auf Bekanntes nach der Katastrophe dem Leser eine fast kathartische Befriedigung, doch zahllose Zweifel und Fragen bleiben, vor allem gegenüber der jugendlichen Hauptfigur André, der bei aller Berechtigung seines Aufbegehrens immer mehr als ein zwiespältiger, ständig sich wandelnder und dennoch stagnierender Charakter erscheint, alles andere als ein Sympathieträger, ebensowenig wie die anderen männlichen Figuren. So bedenkenswert und fast versöhnlich die Schlußbotschaft klingen mag, so wenig läßt sie sich von ihrem Verkünder, dem selbstgerechten Patriarchen, ablösen, der in vollkommenem Widerspruch zu seinen eigenen Lehren einen weit schlimmeren Tabubruch begangen hat als der Sohn, den er ständig zurechtwies, und als die Tochter, der gegenüber er sich zum Richter aufschwang. Wenn die ganze Familie – außer André – am Ende der eigentlichen Handlung in Wehklagen von antikischem Zuschnitt ausbricht, dann weniger um des Opfers willen als wegen der Selbstentwürdigung des Familienoberhauptes. Der Leser mag sich fragen, warum der Sohn als Herr der Erzählung ausgerechnet diesem Vater postum das Schlußwort erteilt. Ein Akt der Amoralität? Immerhin hat André sich angesichts der Tragödie im vorletzten Kapitel, die er als stummer Zuschauer erlebte, selbst der Kaltherzigkeit geziehen, bei aller Gewissensqual letztlich ohne Reue oder Reinigung des Gemüts. Faßt man seinen Bericht und damit das ganze Buch als Beichte auf, so dürfte diese ohne Absolution bleiben, da er seine Sünden mehr zu genießen als zu bedauern scheint. Billigt er die Untat aus Bewunderung für die blutvolle Erregbarkeit und den göttlichen Zorn, die er dem stets als steif und leidenschaftslos geschilderten Vater nicht zugetraut hatte? Unterwirft er sich schließlich seinem Peiniger und Aggressor, der zugleich sein Vorbild ist? Lehnt er nur den Patriarchen ab, nicht aber das Patriarchat, innerhalb dessen er wie sein älterer Bruder und Rivale Pedro selbst nach der Macht strebt? Oder distanziert er sich ironisch-melancholisch von alledem?

Die zwiespältige Einstellung des Sohnes zum Vater, zu seinen Tischreden und den an das Abendmahl erinnernden Essensritualen, ja Zwiespältigkeit schlechthin durchzieht das ganze Buch und den darin entworfenen Familienkosmos. Immer wieder entlarvt und ironisiert der Erzähler die religiös-philosophische Rhetorik des Vaters als Mittel der Selbstinszenierung, wozu auch seine theatralische Mimik und sogar Lichteffekte gehören – an Priestertrug grenzende Herrschaftstechniken, die er gleichwohl bewundert und in ähnlicher Weise seiner Schwester Ana gegenüber einsetzt, um sie zu verführen und zu unterwerfen. Die andere Seite von Fürsorge und Liebe ist Unterdrückung und Kränkung; Zärtlichkeit wird als Tyrannei erfahren, Unterweisung als Besserwisserei, Verantwortungsgefühl als Schikanierung. Sind derartige Meinungsverschiedenheiten lediglich Mißverständnisse oder notwendige Ambivalenzen in den Beziehungen zwischen den Generationen und auch zwischen Liebenden? Enthält also jede Zuneigung, erotisch oder nicht, bewußt oder unbewußt, den Keim eines Willens zur Macht und zum Machtmißbrauch? Bei den männlichen Figuren im Roman ist dies offenkundig, doch auch die Mutter und Ana scheinen – jedenfalls aus der Sicht Andrés – davon nicht frei zu sein.

Das Brot des Patriarchen ist auch ein Buch der Verwandlungen, die allerdings weit flüchtiger und undeutlicher bleiben als in Ovids fast enzyklopädischen *Metamorphosen*. Belebte und unbelebte Wesen können unversehens Gestalt, Charakter und Stimmung wechseln, so daß die Grenzen zwischen Mensch und Mensch, Mensch und Ding, Mensch und Pflanze, Mensch und Tier, Tier und Dämon, Mensch und Gottheit ständig überschritten werden. André, durch sein besonderes Verhältnis zur Ziege Sudanesa dem bocksfüßigen, lüsternen Pan angenähert, nimmt auch Züge eines pferdefüßigen Satyrs an, als der er zum Chor des Wein- und Musikgottes Dionysos gehört. So verwundert es nicht, daß er als kentaurengestaltiger Bogenschütze erscheint, übrigens auch das Sternbild des Autors. Zudem erlebt er sich flüchtig als Prometheus, der zur Strafe für seinen Ungehorsam gegen den Göttervater angekettet ist und zusehen muß, wie ein Adler von seiner Leber frißt. Für einen Augenblick erinnert er auch an dessen Befreier Herakles, der vorübergehend Atlas beim Stemmen des Universums ablöst, damit dieser – wie bekannt – für ihn die Äpfel der Hesperiden rauben kann. Die des öfteren als ›pomo‹ bezeichnete Frucht erscheint in immer wieder neuen Zusammenhängen und Bedeutungen, es kann sich um Apfel oder Birne oder Orange oder Granatapfel handeln, oder um die Frucht vom Baum der Erkenntnis im Paradies, oder um den mythologischen Zankapfel, oder auch die weibliche Brust, oder, zumindest an einer Textstelle, um den weiblichen Mund. Und die sinnverwandten ›frutos‹ können ebenfalls dies alles bedeuten und an einer Stelle auch die Hoden.

Wenn André – dessen Name an das griechische Wort für ›Mann‹ erinnert, seine Schwester liebt, so nicht nur deshalb, weil ihn Libido und Machtgier treiben, sondern auch, weil er hermaphroditische Sehnsüchte hat. Er sieht, auch wieder gut mythologisch und freudianisch, in Ana, deren Name im Arabischen »ich« bedeutet, einen abgespaltenen Teil seiner selbst, mit dem er, wie er meint, in seiner Kindheit und erst recht vor seiner Geburt vereint war, wozu sein wiederholter Drang zum Ursprung, der Regressus ad uterum, paßt. Zugleich hört André die Rufe der Tiere, der Kobolde und der Dämonen, er ist vom Dämon besessen, er nimmt Züge Luzifers an, des biblischen Prometheus, obgleich er kein triumphierender Teufel ist, vielmehr ein gepeinigter, leidender, ein Märtyrer, einer mit Christuszügen, einer, der sein Kreuz zu tragen hat, der auf seinem Kreuzweg das Schweißtuch der Veronika nimmt, worauf der Legende nach das Jesusantlitz durchscheint, Teil der Karfreitagsprozessionen in der Heimat des Autors. Der ältere Bruder Pedro, der sonst gern den Vater spielt, übernimmt hier als sein Büttel die Verräterrollen des Judas und des Petrus und trägt auf diese Weise zur Untat bei, so daß seine wie auch Andrés Identitäten zwischen Täter- und Opferrolle kaum zu fassen sind, ebensowenig wie die des Weines zwischen Dionysoskult und Abendmahl.

Im Gegensatz zu anderen Romanen mit jugendlichen Helden wie *Der Fänger im Roggen* von Jerome D. Salinger oder *Unterm Rad* von Hermann Hesse finden wir bei Nassar keine eindeutige Parteinahme für Heranwachsende und nicht einmal für Kinder. Gewiß denkt André voll Wehmut an seine paradiesisch gesehene Kindheit zurück, als ihn das Geschlechtliche noch nicht bedrängte. Doch schon als Knabe war er durchtrieben und tyrannisch, und schon im Verhältnis zu seinen Tauben verquickte er Liebe, List und Tyrannei. Wie die beiden andern Romanhelden ist er phantasiebegabt, überempfindlich, überreizt, unglücklich, psychisch gefährdet. Doch anders als sie zeigt er kaum Anzeichen von Reifung, von Einsicht, von wachsender Verantwortung, von Bereitschaft zur Anerkennung der Subjektivität des andern, ja nicht einmal den entsprechenden Vorsatz, obwohl er unter seiner Egozentrik und Selbstverliebtheit leidet. Wie ein Anarchist, als den ihn der Vater tatsächlich schilt, will André alles, im Hier und im Jetzt. Auch die pragmatische Bitte um Verzeihung, die der Verlorene Sohn oder, wie es auf portugiesisch heißt, der Verschwenderische Sohn im Lukasevangelium vorbringt, ist in diesem Roman unehrlich oder nur halb ehrlich gemeint.

Mit der Verletzung eines der stärksten Tabus aller Zivilisationen war André weit rebellischer als jene anderen Jugendlichen und maßte sich ein Vorrecht an, das allenfalls Königen und Göttern zukommt, und in seinem pubertären Allmachtswahn träumte er gar von einer Weltzerstörung. Andererseits ist er weit weniger Rebell, da ein Stück Tyrann bereits in ihm steckt, was seine Revolte gegen die Tyrannei ins Zwielicht rückt und in Resignation und Verzweiflung enden läßt. Der zwiespältige Held findet sich am Ende aller Wandlung und Wanderschaft dort wieder, wo er immer schon war. Oder nicht einmal dort, denn die Geborgenheit in der Familie, die er mit der Heimkehr suchte, war inexistent, unter seiner Mitwirkung zerstört. Er kehrt also nicht wirklich heim, vielleicht hatte er nie ein wirkliches Heim, er fühlte sich ja schon vorher zu Hause unbehaust.

Im sechsten Kapitel gehen André die bekannten Worte aus Novalis' *Heinrich von Ofterdingen* durch den Kopf: »Wo gehn wir denn hin?« »Immer nach Hause.« Während aber der romantische Held, durch seine Pilgerreise gereift und geläutert, auch in der fremden Stadt zu Hause ist, muß André, ungereift und ungeläutert, erkennen, daß er als Heimgekehrter ein Fremder ist. Zwischen dem erzählten Ich und dem erzählenden Ich liegt kein nennenswerter Abstand, kein Fortschritt an Erkenntnis und charakterlicher Entwicklung; mit der Gattung des Bildungsromans hat *Das Brot des Patriarchen* wenig zu tun.

Bleibt der reale Hintergrund der Handlung vage, so liegt er

doch keineswegs im Nirgendwo. Das Gut der namenlosen Bauernfamilie umfaßt mit seinen Äckern, Weiden, Gärten, dem kleinen Wald, dem See, der Kapelle, den Stallungen und Schobern, dem Wohnhaus und dem abseits gelegenen, nunmehr unbewohnten alten Haus, das André zu seinem Liebesnest machen will, eine Fläche von vielleicht knapp hundert Hektar und ist somit, obwohl als Fazenda bezeichnet, für brasilianische Verhältnisse ein kleinbäuerlicher Familienbetrieb, in der Mitte zwischen dem Minifundium und dem in Brasilien vorherrschenden Latifundium.

Sind Zeit und Ort auch unbestimmt, so weisen doch manche Einzelheiten auf die Mitte des vorigen Jahrhunderts und auf die stadtfernen, damals weniger entwickelten Regionen der relativ wohlhabenden Bundesländer São Paulo, Paraná, Rio de Janeiro, Espírito Santo oder Minas Gerais. Industrialisierung und Mechanisierung begannen sich auf dem Lande nur allmählich durchzusetzen, so daß es vielerorts zu ungleichzeitigen Entwicklungen mit ihrem Nebeneinander von Rückständigkeit und Fortschritt kam, zu einer fragmentierten Moderne, die bis heute zum Erscheinungsbild Lateinamerikas gehört. Ein kohlenbeheiztes Bügeleisen, dessen Glut im Wind neu entfacht wird, der gleichfalls mit Holzkohlen betriebene Kaffeeröster, der aus einem 18-Liter-Behälter für Baumwollöl selbstgefertigte Blecheimer, die wasserbetriebene Stampfmühle für diverse Körnerarten, das Sieb zum Reinigen von Kaffeebohnen oder Getreide, der Ochsenkarren, die Sense mit der arabisch klingenden Bezeichnung und anderes Gerät waren schon in den fünfziger Jahren veraltet, doch damals und auch später noch vielerorts in Gebrauch. Diese vorkapitalistische Hauswirtschaft mit ihrer geringen Arbeitsteilung und Rentabilität, ohne Maschinen und familienfremde Hilfskräfte betrieben, sogar ohne Elektrizität – eine in dieser Radikalität »unrealistische«

literarische Stilisierung –, dient der Selbstversorgung und Sicherung eines bescheidenen Lebensstandards. Der geringe Überschuß wird dazu verwendet, um im nahen Dorf die wenigen nicht auf der Fazenda erzeugbaren Gebrauchsartikel zu erwerben, wie Petroleum, Draht, Salz, Speiseöl. Der Autor skizziert die Umrisse eines fast autarken ländlichen Anwesens, wie es sich ähnlich auch in Südeuropa oder der Levante hätte finden lassen.

Die Isolierung der Familie von ihrer Umwelt hat daher zwar realgeschichtliche Grundlagen, wurde vom Autor aber auf die Spitze getrieben. Eine Farm von dieser mutmaßlichen Größenordnung ist in der außerliterarischen Wirklichkeit ohne Kleinpächter, Tagelöhner, Knechte und Mägde schwer vorstellbar. Auch dürften überfamiliäre Institutionen erwartet werden, die hier aber schattenhaft bleiben, wie Kirche, Handel, Nachbarschaft und Prostitution, oder als inexistent erscheinen, wie Schule, Verkehrsmittel, Gesundheitswesen, Gerichtsbarkeit. Dieser Ghettocharakter der Fazenda, der an geschlossene Institutionen wie Gefängnis, Kloster, Internat oder psychiatrische Anstalt erinnert, mutet an wie ein Labor für ein Sozialexperiment zur Untersuchung des Menschen und einer jahrtausendealten Institution, des Patriarchats, dessen Spuren sich auch in den modernsten Gesellschaften finden. Das Archaische ist dabei nicht nur das Vormoderne, sondern auch das allen Zeiten Gemeinsame. Was geschieht, wenn eine unter der Macht dieser Tradition stehende, christliche Bauernfamilie, deren Oberhaupt mit alttestamentarischer Strenge herrscht, nur wenig beeinflußt von der Umgebung sich selbst überlassen bleibt? Welche Form nehmen die Beziehungen zwischen den Geschlechtern und Generationen an? Wie werden Grundbedürfnisse wie die nach Essen, Sexualität, Zärtlichkeit, Geborgenheit, Anerkennung, Machtausübung befriedigt? Diese Versuchsanordnung erlaubt eine Anatomie von Herrschaft, wie sie in komplexeren Gemeinschaften schwierig wäre. Alle Familienmitglieder definieren sich, positiv und negativ, durch ihre Beziehung auf den Machtinhaber als Familienoberhaupt, Grundeigentümer, Betriebsleiter, Lehrer, Gesetzgeber, Richter, Priester.

Als Ende 1975 im angesehenen Verlag José Olympio in Rio de Janeiro das Original erschien, unter dem merkwürdigen Titel *Lavoura Arcaica* (wörtlich etwa: »Archaischer Ackerbau«), war dies eine literarische Sensation. Der Roman erfüllte die meisten Kritiker mit Bewunderung, ja Begeisterung und trug dem bislang unbekannten Autor mit dem arabischen Namen innerhalb weniger Monate die wichtigsten Literaturpreise Brasiliens ein. Obwohl er als schwierige Lektüre galt und gilt, wurden bisher über hunderttausend Exemplare verkauft; Übersetzungen in mehrere Sprachen folgten. Die Verfilmung von Luiz Fernando Carvalho aus dem Jahre 2001, mehrfach ausgezeichnet und im Ausland unter dem Titel *To the Left of the Father* bekannt, findet ebenfalls den Beifall von Kritikern und Zuschauern, nicht zuletzt wegen der Musik, die das Arabische an der Geschichte stärker ins Bewußtsein bringt als das »stumme« Buch.

Dieser Erstling eines mit vierzig Jahren nicht mehr ganz jungen Autors steht quer zu allen damals vorherrschenden Stilen, Themen, Strömungen und bleibt bis heute ein Solitär. Er läßt sich keiner der üblichen Kategorien und Interpretationsmuster zuordnen und meidet den Bezug zur Politik, ja er scheint sich überhaupt gegen Interpretation zu sperren – ebenso erratisch wie die im Mittelpunkt stehende Einwandererfamilie.

Andererseits schreibt kein Autor voraussetzungslos. In einem Postkript zur ersten Auflage, das in späteren Ausgaben fortgelassen wurde, nennt Nassar einige Werke und Autoren, die ihm Anregungen gaben: *Tausendundeine Nacht*, Thomas Mann, Novalis, Walt Whitman, André Gide, den brasilianischen Dichter und Erzähler Jorge de Lima, den portugiesischen Romancier Almeida Faria, den Freund Antônio Olavo Pereira. In seltenen Interviews erwähnt er auch die brasilianischen Romanciers Graciliano Ramos, Cyro dos Anjos, Autran Dourado und Lúcio Cardoso sowie Dostojewski, Borges und den Vertreter des *Nouveau Roman* Alain Robbe-Grillet, ohne sie als Vorbilder zu bezeichnen. Sicherlich könnte er auch Nietzsche und die Surrealisten nennen.

Typisch aber für die siebziger Jahre in Brasilien waren Romane, Erzählungen und Theaterstücke, die der Literaturhistoriker Antonio Candido unter dem Begriff des *Wütenden Realismus* zusammenfaßt. Dazu gehören Autoren wie Ignácio de Loyola Brandão, Ivan Ângelo, Rubem Fonseca, João Antônio, José Louzeiro, teilweise auch Antonio Callado oder Jorge Andrade. Sie und andere schrieben unter Verwendung journalistischer Darstellungsmittel eine schonungslos realistische, wenngleich vielfach mit absurden oder phantastischen Elementen durchsetzte Literatur, die zumindest indirekte Sozialkritik übte und Mißstände anprangerte: Armut, Hunger und Elend vor allem in der Großstadt, Kriminalität, Korruptheit der Oberschichten, Verdinglichung der menschlichen Beziehungen. Viele Autoren sahen sich vor die Aufgabe gestellt, mit ästhetischen Mitteln gegen die seit 1964 herrschende und seit 1968 besonders repressive Militärdiktatur Widerstand zu leisten, ihre Menschenrechtsverletzungen und die Kehrseiten des »brasilianischen Wirtschaftswunders« aufzuzeigen. Da die Zensur in der Presse erheblich schärfer gehandhabt wurde als in der Belletristik und manche Journalisten zugleich Schriftsteller waren, fanden als Sozialreportagen gedachte Texte oft den Weg in den Roman oder die Kurzgeschichte, die damit die Rolle einer Ersatzöffentlichkeit übernahmen.

Vor diesem Hintergrund ließe sich auch Nassars scheinbar realitätsferner Roman politisch lesen, als Allegorie auf die Lage der Menschen in einer Diktatur, als Seitenverwandter des lateinamerikanischen Diktatorenromans, dem *Der Herbst des Patriarchen* von Gabriel García Márquez, erschienen 1977, zuzurechnen ist. Andererseits sind übermächtige Vaterfiguren ein altes und immer wieder neues Thema der lateinamerikanischen und der Weltliteratur und nicht primär an politische Konjunkturen gebunden. Daß gerade in den siebziger Jahren diese Thematik hervortrat, mag mit der Aufbruchstimmung der internationalen Studentenbewegung zusammenhängen, die auch ein Generationenkonflikt war, eine feministische Komponente hatte und sich in Lateinamerika mit dem Protest gegen autoritäre Herrschaftsformen verband.

Raduan Nassar wurde 1935 in Pindorama, einer fast dörflichen Kleinstadt im Norden des Bundeslandes São Paulo, geboren, wo er Kindheit und frühe Jugend verbrachte. Die Eltern, 1920 nach Brasilien eingewandert, stammten aus einem Dorf im südlichen Libanon; die Mutter war protestantisch, der Vater griechisch-orthodox; der kleine Raduan aber wuchs in einem katholischen Milieu auf und war eine Zeitlang Meßdiener. Dem Vater gelang es, ähnlich wie vielen anderen Libanesen, sich vom kleinen Gemischt- und Kurzwarenhändler allmählich zu einem halbwegs wohlhabenden Geschäftsmann emporzuarbeiten, die Mutter versorgte den Haushalt und betrieb Geflügelzucht. Allen zehn Kindern ermöglichten die Eltern eine solide Bildung. 1953 zog die Familie in die aufstrebende Metropole São Paulo. In Pinheiros, einem Intellektuellenviertel, wo der Sohn auch heute wieder eine Stadtwohnung hat, betrieb der Vater einen Gemischtwarenladen. Neben der Mitarbeit im väterlichen Geschäft studierte Raduan an der Universidade de São Paulo (USP) Jura, brach dieses Studium jedoch kurz vor dem Examen ab, da er 1959 beschlossen hatte, Schriftsteller zu werden. Das schon vorher aufgenommene Philosophiestudium, ebenfalls an der USP, schloß er 1963 ab. Im Jahre 1964 besuchte er Deutschland und den Libanon, kehrte jedoch wegen des Putsches der brasilianischen Militärs zurück. Er ging aufs Land und widmete sich der Kaninchenzucht. 1967-1974 war er Mitgründer und Redakteur einer liberalen, regimekritischen Wochenzeitung, des *Jornal do Bairro* in São Paulo. Vielseitigkeit und professionelle Kompetenz in verschiedensten Lebensbereichen, intellektuellen wie geschäftlichen und handwerklichen, gehören zum Profil dieses Autors.

Nach dem überwältigenden Erfolg von *Lavoura Arcaica* veröffentlichte Nassar 1976 *Ein Glas Wut*, eine Novelle über die Haßliebe eines auf dem Lande lebenden Intellektuellenpaars, die Anatomie eines erbitterten Macht- und Geschlechterkampfes im Gewande ideologischer Auseinandersetzungen, worin im Vergleich zu *Das Brot des Patriarchen* die mythischen Aspekte zurück- und die Bezüge zur zeitgenössischen Wirklichkeit hervortreten. Das zweite Buch wird ebenfalls ein überwältigender Kritikererfolg und befestigt den Ruf des Autors als moderner Klassiker. Beide Bücher werden in verschiedene Sprachen übersetzt. Sein drittes und voraussichtlich letztes Buch ist der Erzählband *Meninas a caminho* (»Mädchen unterwegs«, 1997), doch zu diesem Zeitpunkt hat der Autor das Schreiben längst aufgegeben, weil er dazu keine Berufung mehr fühlt.

Seine Berufung und seinen Beruf sieht der frühere Schriftsteller als Landwirt. Im Jahre 1982 hat er eine Fazenda bei Campina de Monte Alegre erworben, dreieinhalb Autostunden westlich von São Paulo im gleichnamigen Bundesland gelegen, inmitten einer flachwelligen Landschaft aus Weiden, Obstplantagen, Feldern und kleinen Wäldern. Es ist nicht die Region seiner Kindheit, doch dieser nicht unähnlich. Anders als der Landmann im Buch betreibt er keinen »archaischen Ackerbau«, sondern bewirtschaftet seine Ländereien, die etwa fünfhundert Hektar umfassen, mit intensivem Maschineneinsatz und nach Erkenntnissen der modernen Agronomie. Hauptprodukt ist Brotgetreide.

Berthold Zilly

Der Übersetzer dankt folgenden Personen und Institutionen für freundliche Unterstützung: Dietrich Briesemeister, Claudia Camilo, Chantal Chelli, Cristina Elias, Jürgen Fegeler, Malu Fontenelle, Beatriz Garcia, Ulrike Göldner, Sigrid Herrmann, Markus Kleissl, Maria José Lemos, Elza Marinho, Simone de Mello, Klaus Meyer-Cirkel, Raduan Nassar, Mayara Ribeiro, Viviane Santana, Karl Sonnenschein und besonders Ingrid Starke; ferner dem Europäischen Übersetzerkollegium Straelen und dem Deutschen Übersetzerfonds.